Impressum

© 2008, Elbe-Havel Verlag, Danuta Ahrends

Elbe-Havel Verlag, Steffan Warnstedt,
Havelberger Straße 1, OT Kuhlhausen,
39539 Hansestadt Havelberg, Telefon: 039382 - 7248,
www.grafikmacher.de
Kuhlhausen, 2008

ISBN: 978-3-9807718-6-3
Verkaufspreis: 12,80 Euro

Autorin:	Danuta Ahrends
Illustrationen:	Michaela Herbst
Repro, Satz:	Grafikatelier Steffan Warnstedt, www.grafikmacher.de
Druck:	Meiling Druck, Haldensleben

Hergestellt in Deutschland.

Danuta Ahrends

Zwischen dem Leben

mit Grafiken von Michaela Herbst

„Diese emotionale Wirkung ist es, worauf es mir ankommt. Ich will, dass Sie lachen oder weinen, wenn Sie eine Geschichte lesen… oder beides zugleich. Mit anderen Worten: Ich will Ihr Herz erreichen. Wenn Sie etwas lernen wollen, gehen Sie zur Schule."

Stephen King

für Alex und Lena

Frühling

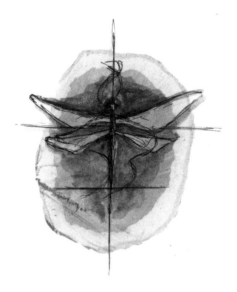

Er sah sie lange an.
Lange und eindringlich.
Dann fragte er,
ob er sie küssen dürfe.
Sie beugte sich vor
und fiel aus dem Rahmen.

Des Lebens Sinn

Bis vor drei Wochen habe ich spontan geatmet. So wie alle Menschen es tun. Ein und danach wieder aus, ohne darüber nachzudenken.

Vor drei Wochen verließ mich mein Geliebter. Ging zurück zu seiner Frau, die er bis vor drei Wochen und einem Tag nicht ertragen konnte mit ihrer ewig gleichen Frisur und dem wenigen Verständnis für regelmäßigen Sex. Als er ging und ich wusste, dass er nie mehr durch diese Tür kommen würde, hörte ich auf zu atmen. Es war mir förmlich vergangen, so wie mir auch der Appetit vergangen war auf das Abendessen, das ich extra für uns gekocht hatte. Ravioli in Weißweinsauce.

Ich legte mich auf den Rücken, starrte an die Decke und atmete einfach nicht mehr. Aber es war schwer. Etwa so, als wenn man als Schwimmer ins Wasser springt, um zu ertrinken. Spontan atmen ging aber auch nicht.

Seitdem konzentriere ich mich den ganzen Tag auf das Ein- und wieder Ausatmen. Ablenkung hilft. Es war mir auch vorher noch nie aufgefallen, auf wie viel verschiedene Arten man doch atmen kann. Diese unterschiedlichen Atemtechniken gaben mir neuen Lebenssinn.

Heute geht es mir wieder gut. Ich habe die Frau meines Geliebten besucht, um ihr zu erklären, wie wichtig es sei, mehrere Atemtechniken zu beherrschen. Mein armer Geliebter. Er war doch tatsächlich auf eine Frau reingefallen, die überhaupt nicht zuhören kann. Ständig hat sie mir das Wort abgeschnitten. Dabei habe ich es nur gut gemeint. Ich solle verschwinden. Die Atmerei ginge ihr auf die Nerven.

Ich habe von ihr gelernt, dass man fast spontan aufhören kann zu atmen. Man braucht nur fremde Hilfe.

Ich habe ihr geholfen.

Der Jubilar

Direktor Breuelmann wurde 60 Jahre alt, was dem kleinen Buchladen an der Ecke sehr zugute kam. Seit einer Woche kauften diverse Damen Bücher und Gutscheine für den Jubilar. Damen unterschiedlichen Alters, Benehmens und unterschiedlicher Gestalt. Einige hatten richtig Vertrauen und ließen sich von mir beraten, ist ihnen doch wohl bekannt, dass der Herr Direktor in diesem Laden ein- und ausgeht. Wir suchten dann das vermeintlich Passende, witzelten etwas herum und wünschten uns gegenseitig noch einen schönen Tag.
Andere taten heimlich. Schauten sich mehrmals im Laden um, ob nicht eventuell jemand anwesend sein könnte, der sie näher kennt und denkt, sie hätten nichts zu tun. Lesen, wer macht denn so was? Nur Leute mit zu viel Zeit. Und sie misstrauten mir spätestens, wenn ich erriet, um welchen Jubilar es sich handelte.
„Ach, Sie meinen Herrn Direktor Breuelmann. Nun, ich kenne seinen Geschmack sehr gut. Was Bücher betrifft natürlich nur, versteht sich."
Der Witz kam bei ihnen nicht an. Vor lauter Unzufriedenheit kauften sie einen Gutschein.
Die dritte Gruppe bestand aus Frauen, die ihrem Chef mal ein gutes Buch kaufen wollten. Immerhin wird man nur einmal im Leben 60. Der Witz kam bei mir nicht an. Genau wüssten sie aber nicht, was er so lese und ob er denn überhaupt, na das wussten sie auch nicht so recht. Nachdem sie mit übergroßen Augen das Kamasutra wieder weggelegt hatten, bis zu diesem Moment in der festen Annahme, es handele sich dabei um ein Gebirge in Asien, standen sie nun vor dem Regal mit der geschichtlichen Literatur. „Lassen Sie mich raten. Direktor Breuelmann." Ehrfurchtsvoll wichen sie einen Schritt zurück. War das eine kluge Buchhändlerin mit hellseherischen Fähigkeiten. Sie ließen mich ganz allein machen und aussuchen und schick einpacken und verließen den Laden. Allerdings nicht, ohne sich noch einmal umzusehen und darauf hinzuweisen, dass, sofern der Herr Direktor das Loriot-Papier missbilligen sollte, in welchem sich das hochwissenschaftliche Buch wohlfühlte, sie ihn zu mir schicken würden. Aber klar doch.
Die vierte Gruppe wunderte mit mir gemeinsam darüber, dass der Direktor noch nicht wie 60 aussah. Auf gar keinen Fall. Höchstens wie 50.

Wir unterhielten uns noch eine Weile darüber, ob Iris Berben geliftet sei oder nicht, und schließlich wollten die Damen unbedingt hören, sie sähen auch noch nicht so alt aus, wie in ihrem Ausweis vermerkt wäre. Nun ja.

Die letzte Gruppe war hochhackig, kurzrockig, mit knallroten Lippen bestückt und lief zielsicher auf das Kamasutra zu. Ohne auf mein „Kann ich helfen?" eine Antwort zu wissen. Waren mehrere dieser Damen im Geschäft, kam es zu kleinen Neckereien, wie „Ihr Strumpf hat da eine Laufmasche" oder „Man sieht Ihrem Rock gar nicht an, dass er so billig erstanden werden konnte." Sie kauften aber weder das Kamasutra noch etwas Hochwissenschaftliches, nicht einmal einen Gutschein. Wahrscheinlich wollten sie sich nur mal da sehen lassen, wo der Herr Direktor auch schon war. Sie gingen, ohne sich umzusehen und ohne etwas Nettes zu wünschen.

Direktor Breuelmann wurde 60 Jahre alt. Ich dankte all den zahlreichen Damen insgeheim für ihr Kommen und ihre Einkäufe. Nicht nur des Umsatzes wegen, nein, nein. Immerhin würde der Direktor seine Gutscheine einlösen kommen und auch das eine oder andere Buch umtauschen, das ich doppelt verkauft hatte. Aus Versehen, natürlich. Und dann würde ich ihn wieder zu Cappuccino einladen und über Literatur plaudern. Und über das Kamasutra. Man sieht ihm seine 60 Jahre übrigens wirklich nicht an.

Als ob nichts gewesen wäre

Vielleicht wäre es ein Tag wie viele andere geworden. Obwohl ich mir zurzeit schwer vorstellen kann, dass es überhaupt noch mal einen Tag wie viele andere geben wird. Die Tage fingen ungefähr vor vier Wochen an, sich sehr von denen davor zu unterscheiden. Ich hatte Claudia zu Besuch. Sie ist meine beste Freundin, also eine, der man bedenkenlos alles sagen kann, ohne überlegen zu müssen, ob sie das mal gegen einen verwendet. Und sie ist eine von denen, die nicht fragen: „Wie geht's?", wenn sie schon sehen, dass etwas nicht in Ordnung ist. Auch: „Stimmt was nicht?", kommt nicht aus ihrem Mund, sondern: „Setz dich und rede". Das sagte sie auch vor vier Wochen: „Setz dich und rede".
„Ich glaube, Bastian hat eine Geliebte."
Mein Mann hat in unserer zwanzigjährigen Ehe mit Sicherheit schon mit mehreren Frauen geschlafen, sie aber nie zu seiner Geliebten gemacht. Er hatte One-Night-Stands. Das ergab sich so und meine Mutter meinte, nachdem sie mich gefragt hatte: „Wie geht es dir?", : „Das machen Männer nun mal, sie sind sexuell anders eingestellt als Frauen." Was übersetzt heißen sollte: „Nicht, dass du jetzt auch mit One-Night-Stands anfängst!"
Nach One-Night-Stands kam Bastian immer erst sehr spät heim. Manchmal schlief ich schon, manchmal lag ich noch wach und manchmal tat ich so, als ob ich schliefe. Er machte immer das kleine Licht an und gab mir immer einen Gutenachtkuss. Er hatte kein schlechtes Gewissen, obwohl er nach fremdem Parfum roch, nach fremdem und teurem Parfum; so eins, das ich nicht nur nicht benutze, sondern auch nicht kenne. Ich bin seine Ehefrau. Ich komme mindestens an dritter Stelle. Die ersten beiden Stellen nehmen unsere Töchter ein. Ich hatte mich an die One-Night-Stands nie gewöhnt, aber ich konnte mit ihnen leben. Sie veränderten mein Leben nicht.
So sagte ich an diesem Nachmittag also nicht zu Claudia: „Bastian hat einen One-Night-Stand", sondern: „Bastian hat eine Geliebte". Weil es anders war als die anderen Male zuvor. Weil plötzlich alles anders war. Mein ganzes Leben.
Und Claudia sagte auch nicht: „Du weißt doch, wie er ist" oder: „Das hat bestimmt keine Bedeutung." Sie sagte: „Es ist Sina."

Sie sagte nicht: „Ich glaube, es ist Sina", sondern: „Es ist Sina." Wenn man vermutet, dass der Mann keinen One-Night-Stand hat, sondern eine Geliebte, möchte man, dass es wenigstens eine aufgedonnerte Zwanzigjährige ist, die man nicht kennt oder die man schon immer blöd fand. Damit man sie zwanglos hassen kann.

Sina ist eine 33-jährige gute Bekannte. Und ich sagte zu Claudia: „Warum ausgerechnet Sina?" Claudia zuckte mit den Schultern.

Seitdem war kein Tag mehr wie die Tage zuvor. Ich ging still durch unser Haus, räumte auf, fuhr zur Arbeit, ging wieder still durch unser Haus, redete mit den Töchtern und wusste nie, wo ich war. Ich existierte, lebte aber neben mir.

Sina. Ich weiß nicht mehr, wann und bei welcher Gelegenheit ich Sina kennen lernte. Irgendwann kannte ich sie einfach. Ich fragte auch nicht: „Was hat sie, das ich nicht habe?" Sina ist einfach anders. Damals bewunderte ich sie sogar. Und ich weiß, dass Bastian es auch tat. Sie bewundern. „Stell dir vor, sie spricht fünf Sprachen", sagte er. Er konnte keine Fremdsprache, ich nur Englisch. Sina dagegen lebte zwei Jahre in Frankreich, wo auch ihre Tochter geboren wurde. Anouk. Sie lebte damals ihrem Freund zuliebe dort, der zwar kein Franzose war, sich aber so fühlte. Sie fühlte sich nicht wie eine Französin und kam nach zwei Jahren zurück. Aber Sina ist nicht nur anders als ich, sondern auch anders als die meisten Frauen hier in der Gegend. Sie arbeitet auch anders. Übersetzt französische Bücher ins Deutsche und umgekehrt. Und übersetzt diese Bücher außerdem noch in vier andere Sprachen. Wenn sie nicht übersetzt und die Tochter Ferien hat, gehen sie auf Reisen. Ich dachte damals, dass es Spaß machen müsse, mit Sina zu reisen, weil sie grundsätzlich in Länder reiste, deren Sprache sie beherrscht. Und ihre Tochter spricht im Alter von acht Jahren auch schon zwei Fremdsprachen. Weil Sina der Meinung ist, dass dies das Wichtigste sei, was der Mensch lernen sollte.

Jedenfalls hörte ich an diesem Nachmittag, als Claudia mir sagte: „Es ist Sina", auf, sie zu bewundern. Und ich dachte, wie viel einfacher es wäre, wenn ich sie hassen könnte, aber das konnte ich nicht. Und seitdem ich weiß, dass es Sina ist und nicht irgendeine Geliebte, ist es richtig schwer. Obwohl es vorher auch schon schwierig war, als ich noch nicht wusste, dass es Sina ist, aber merkte, dass Bastian eine Geliebte hat. Er kam oft spätabends nach Hause und plötzlich machte er kein Licht mehr an im Schlafzimmer und schlich sich ins Bett. Er gab mir keinen Gutenachtkuss, ganz egal, ob ich schlief, wach lag oder so tat, als ob ich schlief. Er drehte sich um und wenig später war ein tiefes ruhiges Atmen zu hören. Er roch auch nicht nach Parfum. Bastian roch nach Glück. Ich war mir nicht mehr sicher, ob die Kinder die ersten beiden Positionen einnahmen. Ich glaube fast, wir waren alle um eins nach hinten gerutscht.

„Rede mit ihm", sagte Claudia zu mir.

„Und wenn er sagt, er lässt sich scheiden?"

„Ja meinst du denn, die Gefahr besteht?"

Ich zuckte mit den Schultern. Ich überlegte kurz, was denn so viel anders wäre in meinem Leben, wenn wir uns scheiden lassen würden. Ich hatte einen guten Job und die Kinder. Bastian und ich, wir führten eine Ehe, mit der ich zufrieden, aber in der ich nicht glücklich war. Ob es wegen der One-Night-Stands war, konnte ich nicht sagen.

„Bastian wird sich für Sina ändern".

„Quatsch", meinte Claudia. „Du kannst einen Menschen nicht ändern."

„Nein", sagte ich, „aber er kann sich allein ändern. Für jemanden. Und für sich selbst."

„Wie kommst du bloß darauf?", fragte Claudia.

„Nun", erwiderte ich, „er tut plötzlich Dinge, die er mit mir nie gemacht hätte." Ich erinnerte mich daran, als er mal sagte, er würde mit Sina ins Kino gehen. Sie hatte ihn eingeladen. Sina übersetzt manchmal Texte für Bastian, weil er doch keine Fremdsprache kann und Sina fünf. Ich fragte nicht: „Warum lädt Sina dich ins Kino ein?" Bastian wäre nie auf die Idee gekommen, jemanden ins Kino einzuladen, weil er nicht ins Kino ging. Damals dachte ich mir nichts dabei, weil ich Sina mochte und sie damals noch ihren Freund hatte, von dem die Leute sagten, er wäre die Liebe ihres Lebens. Aber das haben die Leute von ihrem Freund, der sich wie ein Franzose fühlte, aber keiner war, auch gesagt. Er ging also plötzlich ins Kino und diskutierte über gute Filme.

„Wir müssen mal miteinander reden", sagte ich zu Bastian, nachdem Claudia es mir vorgeschlagen hatte.

„Meinetwegen", meinte Bastian und schaute zufrieden. Er war ruhig, während ich innerlich zitterte. Und ich dachte, wenn er so ruhig ist, dann ist es ihm egal, was ich mit ihm zu bereden habe, aber ich sagte trotzdem zu ihm: „In der Stadt wird über dich geredet". „Ja und", sagte Bastian und schaute weiterhin zufrieden. „Seit wann stört es dich, wenn die Leute über mich reden?", und er fragte nicht: „Was reden denn die Leute über mich?", sondern: „Du willst nur, dass ich dir sage, dass es nicht wahr ist, was die Leute über mich reden", und ich sagte „Ja." „Das kann ich nicht", meinte Bastian. Und da wusste ich, dass es stimmt und dass es Sina ist. „Noch was?", fragte Bastian und ich sagte: „Nein", obwohl ich wusste, dass wir eigentlich das Gespräch zu Ende bringen müssten und ich ihn fragen müsste, wie er sich unser Leben in Zukunft vorstellt und an welcher Stelle die Kinder kommen.

Es folgten wieder Tage, an denen ich weder mit Claudia noch mit Bastian sprach, sondern wieder nur existierte. Dann kam die Einladung von Bekannten. Eine Geburtstagsfeier wie in jedem Jahr. Wir waren immer da. Auch Sina war immer da. Doch jetzt, wo kein Tag mehr wie die Tage zuvor war, wusste ich plötzlich nicht, wie ich ihr begegnen sollte. Aber was es auch sei, es würde nichts mehr ändern. Bastian würde nicht sagen: „Du hast ja das Kleid an, also wird ab sofort nicht mehr stimmen, was die Leute über mich reden." Und Sina wird nicht sagen: „Du hast so eine hübsche Bluse an, da gebe ich dir deinen Mann zurück." Ich bin mir auch sicher, dass sie ihn mir nicht weggenommen hat. Sina ist keine von den Frauen, die einer Frau den Mann wegnehmen. Sina ist eine Frau, zu der die Männer gehen. Freiwillig.

Ich zog mich wie selbstverständlich an, bürstete mein Haar so wie immer und, kurz bevor wir losgingen, sagte ich wie selbstverständlich zu Bastian: „Wie soll ich mich Sina gegenüber verhalten?" Ich fragte das so selbstverständlich und auch mit einer so selbstverständlichen Tonlage, als hätte ich gefragt, ob meine Frisur richtig sitzt. Und genau so selbstverständlich antwortete Bastian: „Als ob nichts gewesen wäre."

Was mir zusteht

Er ließ zum wiederholten Male den Ultraschallkopf an meinem Hals entlanggleiten, und ich war etwas beunruhigt. Nicht, weil ich befürchtete, er könnte etwas finden, das da nicht hingehört. Nein. Ich hatte Sorge, dass er damit aufhören könnte, mit dem Schallkopf über meinen Hals zu gleiten. So, wie er das machte, war es genau richtig, das sollte ich ihm vielleicht sagen oder lieber nicht. Ist doch gut, wenn er sich bei mir besondere Mühe gibt. Vorsichtig, sehr vorsichtig. Das leicht schmatzende Geräusch - verursacht vom Gleitmittel - gab der Situation etwas Erotisches. Jawohl, es war angenehm.

„Keine Sorge, da wird nichts sein, es ist nur zur Sicherheit", sagte er lächelnd und ich dachte: „Mach einfach weiter". Dann nahm er meinen Kopf in seine Hände und ich dachte: „Ja, küss mich". Doch er tastete an meinem Hals herum. Drückte und tastete und als er damit aufhörte, zuckte ich unmerklich zusammen. „Tat das weh?", erkundigte er sich etwas erschrocken und ich sagte: „Ja, ein kleines bisschen", weil ich ein: „Nein" für unpassend hielt. Für gänzlich unpassend. Und tatsächlich, es funktionierte. Er nahm sich noch einmal meinen Hals vor. Eigentlich war ich erkältet, deswegen war ich hier. Es war Sonnabend, er hatte Bereitschaftssprechstunde. Ich dachte, es wäre gut, mal den Arzt aufzusuchen, wenn man seit Wochen morgens fast stumm und am Abend fast gehörlos ist. Ich wäre jetzt in diesen Wochen die perfekte Ehefrau. Nur, dass mein Mann das nicht bemerkte. Er war viel zu beschäftigt und viel zu redselig, dass er gar nicht mitbekam, was für eine wertvolle Ehefrau ich ihm sein könnte.

Diese Erkältung ging nicht weg, sie fühlte sich wohl in meinem Hals und in meinen Ohren, und nun wollte ich eine Medizin und bekam eine Halsmassage gratis. „Keine Sorge", riet er mir und ich sagte: „Ich habe aber Angst", obwohl das gar nicht stimmte. Überhaupt nicht. Aber ich dachte, so könnte ich Zeit herausschlagen. Zeit für mich bei ihm in seiner Praxis, denn wie es aussah, wollte er, dass ich aufstehe, brav: „Auf Wiedersehen" sage und auch wirklich gehe. Aber ich dachte nicht daran. „Noch was?", fragte er und ich musste an meine Fleischersfrau denken, die auch immer: „Noch was?" fragte, ganz egal, wie viel Fleisch ich schon gekauft hatte. Sie machte mir manchmal Sonderangebote, wie beispielsweise: „Wir haben heute Hackepeter im Angebot" oder: „Die Putenschnitzel kosten viel weniger" und ich überlegte, ob mein Arzt nicht so was im Angebot haben könnte. Vielleicht: „Den Magen untersuche ich heute für sehr viel weniger" oder: „Allen, die einen Knoten irgendwo haben, massiere ich die Leber". Doch da kam nichts. Gar nichts. Nur bedächtiges Schweigen. Etwas unruhig wurde er, weil ich überhaupt nicht aufstehen wollte.

Ich machte gar keine Anstalten. Warum auch. Der Stuhl war sehr bequem. Wenn ich mich anlehnte, gab die Lehne etwas nach und ich war in einer überaus angenehmen Schräglage. So könnte ich einschlafen. „Na, dann wünsche ich gute Besserung. Die Schwester druckt das Rezept aus und bald ist die Stimme wieder in Ordnung." Ich sagte: „Dankeschön, das ist wirklich sehr nett. Soviel Mühe für mich, vielen Dank", und er sagte: „Aber das ist doch selbstverständlich, das ist mein Job", und ich sagte: „Aber nicht alle Ärzte sind so nett." Und er sagte: „Nicht doch". Er lächelte, stand auf und gab mir die Hand. Ich gab ihm meine, blieb aber sitzen. „Wo ist denn das Problem?", fragte er leicht nervös. In dem Moment, in dem die Schwester zur Tür reinkam, stellte ich mich hin und küsste ihn auf den Mund. Sie blieb vor Entsetzen stehen. Sie war neu, hat mich nie zuvor hier gesehen. Ich küsste ihn noch mal, dieses Mal mit Zunge. Ich schaute sie dabei an, sah, wie sie betreten zu Boden blickte. „Herr Doktor, draußen warten noch 12 Patienten."

„Ich liebe Ärzte, die sich nicht wehren", sagte ich zu ihr im Vorübergehen und konnte gerade noch so hören, wie er zu ihr sagte: „Ich glaube, ich habe Ihnen noch gar nicht meine Frau vorgestellt."

Happy End im Kinosaal

Ich wusste im Gegensatz zu dir, dass es nicht gut gehen konnte. Mit ihm und mir. Ich habe es von Anfang an gespürt. Eigentlich schon, bevor ich ihn sah. Irgendwie war mir klar: Geh mit ihm höchstens Kaffee trinken. Das ist in Ordnung. Wenn man sich denn auf eine Tasse Kaffee beschränkt und nicht gleich ein ganzes Kännchen trinken will, dann ist das nicht weiter schlimm. Und wenn es gefällt, kann man hinterher immer noch in die Pizzeria. Aber nein, ich muss ja auf dich hören. „Kind, geh doch mal wieder aus", hast du gesagt. Und ich dachte: „Ja, vielleicht hast du recht, vielleicht sollte ich wirklich mal wieder ausgehen." Und der Vorschlag, mit ihm ins Kino zu gehen, kam auch von dir. Weil du der Meinung warst, es würde nur nicht klappen mit den Männern und mir, weil ich sie gleich am Anfang in Grund und Boden redete.

Ich hatte schon Lust auf Kino. Eigentlich mehr darauf als auf ihn. Aber sein Name gefiel mir. Paul. Wenn jemand so heißt, dann kann er doch nicht total daneben sein, oder? Andererseits kann ja keiner was für seinen Namen. Auch für die wohlklingenden kann man nichts. Im Prinzip hätte ich mich mit seinen Eltern verabreden müssen. Wenn sie ihm so einen schönen Namen geben, sagt das mehr über sie aus als über den Sohn.

Am Telefon schlug er mir vor, wir könnten ja eine Tasse Kaffee trinken gehen. Und eventuell hinterher in eine Pizzeria. Ich sagte: „Wir können auch ins Kino gehen." Ja, Kino würde ihm auch gefallen. Den Film könne ich aussuchen. Und das war mir komisch. Er würde also alles, was ich wollte, mit angucken. Wir verabredeten uns vor dem Kino. Er fuhr mit seinem Wagen vor. Paul Wendler: PW. Ich dachte an dich. Du hättest jetzt energisch zu mir gesagt: Nur weil jemand seine Initialien spazieren fährt, muss er nicht gleich komisch sein. Der junge Mann, der die Karten abriss, wünschte uns viel Vergnügen, und ich dachte noch, wie recht du hast, wenn du sagst, dass alle Menschen interessanter wirken, wenn man selbst eine Verabredung hat.

Zum Glück verzichtete PW auf Popcorn. Das hätte ich nämlich nicht ausgehalten. Jemand, der zu mir gehörte und in seiner Popcorntüte raschelte. Ich finde ja sowieso, dass sie sämtliche essbare Dinge in Kinos auf Papptellern servieren sollten. Wegen der Ruhestörung. Man sitzt und

lauscht gespannt und die Geiger steigern sich gerade ins Kriminalistische, es wird gleich etwas geschehen. Und dann öffnet jemand die Bierflasche. Plopp. Man erschrickt im Prinzip vor dem Leinwand-Mord. Aber PW hatte nichts dabei. Auch keine Tasche, aus der er plötzlich eine Sektflasche und zwei Gläser zaubern könnte. Überraschung.
Wir setzten uns ins Kino, der Film begann und es war 90 Minuten lang ruhig und angenehm. Hinter uns raschelte manchmal eine Tüte, vor uns verschüttete jemand sein Popcorn. Doch das war mir in diesem Moment egal. Hier ging es um meine Zukunft. Die saß vielleicht gerade neben mir, benahm sich vorbildlich und das war wichtig. Keine Zwischenargumente, keine Besserwisserei. Nichts. Nur Stille. Als der Abspann lief, sprangen alle auf. Alle vor uns, so dass ich Mühe hatte, zwischen den Menschen erkennen zu können, wer für die Requisite und wer für die Maske des Films zuständig war. Hinter uns redeten sie vom nächsten Tag. PW blieb neben mir sitzen. Na, wenn das kein Anfang war. Fast war ich glücklich.
„Weißt du, ich liebe es sitzen zu bleiben, bis alles richtig vorbei ist. Der ganze Film. Ich finde es beschämend, vorher aufzuspringen. So ein Kinobesuch hat doch was mit Kultur zu tun." Er hörte mir zu. War vielleicht auch so beeindruckt von dem Film wie ich. Wir waren bereits die Letzten und ich dachte, dass es nun richtig wäre, das Personal aufräumen zu lassen. „Na, dann wollen wir mal." In Gedanken sah ich mich mit PW in einer kleinen Bar einen Cocktail trinken und anschließend bei mir auf der Couch…
Sein gleichmäßiger ruhiger Atem fiel mir erst in diesem Augenblick auf. Ich stand bereits und schaute zu ihm hinunter. Den Kopf hatte er leicht schräg, eine blonde Strähne hing über dem linken Auge. Maler hätten bestimmt den Pinsel gezückt. Die Arme hielt er vor dem straffen Bauch verschränkt, die Beine standen dicht aneinander und fest auf dem Kinofußboden. PW schlief. Tief und fest, als hätte er seit mehreren Tagen auf so eine Gelegenheit gewartet. Ich spürte, wie sich mein Herzschlag beschleunigte.
„Vielleicht darf ich Sie zu einem Kaffee einladen, bis Ihr Freund wieder aufgewacht ist?" Ich schaute mich um. Der Kartenabreißer lächelte mich unsicher an. Ich nickte nicht ganz undankbar. Im Hinausgehen erklärte ich ihm, dass mir Pizza jetzt vielleicht sogar passender erscheinen würde.

Die Liebenden von Pont-Neuf

„Was haben Sie denn?" Ich blickte von meinem Buch auf. Doch noch bevor ich antworten konnte, riss der rechts neben mir sitzende Herr sein T-Shirt hoch und legte eine noch junge Narbe frei, mit etwas getrocknetem und inzwischen verschorftem Blut. Wenn er hier nicht so aufrecht sitzen würde, hätte ich auf Obduktion getippt.

„Was haben Sie denn?", fragte er noch mal; ja, sie waren hier hartnäckig, gaben sich nicht damit zufrieden, dass man sich in ein Buch vertieft und nicht antworten möchte. Mein Leiden ist auch dein Leiden. Ich wollte sein Leiden aber nicht.

„Was haben Sie denn?"

Ich habe gekocht. Ich erinnerte mich, dass ich gekocht habe an dem Tag. Aufwendig und viel. Die Sonne schien durchs Küchenfenster, ich rührte und schwitzte und irgendwann vermischte sich alles. Die Sonne, die Fensterscheiben mit der Suppe im Topf und dem Braten in der Pfanne. Und die Zwiebelringe aus der Pfanne tanzten vor meinen Augen. Links und rechts verschwanden die Möbel aus meinem Sichtfeld, wurde es schwarz, bald sah ich nur noch die Zwiebelringe golden vor meinen Augen tanzen.

Der Notarzt war derselbe wie eine Woche zuvor, als er meinen Sohn ins Krankenhaus fuhr. Lungenentzündung mit erschreckend hohem Fieber und starkem Flüssigkeitsverlust, weswegen ich jeden Tag die 25 km ins Krankenhaus fuhr, immer vor und nach der Arbeit und während der Mittagspause, weswegen meine Kollegen gleich meinten, das würde ich nicht ewig so machen können. Vor einer Woche hatte ich im Krankenwagen etwas mit dem Notarzt geflirtet. Nachdem der Sohn versorgt war und lächeln konnte, hatte er sich mir zugewandt, dachte vielleicht, er müsse die Mutter beruhigen. Mütter müssen immer mindestens genau so ruhiggestellt werden wie deren erkrankte Kinder. Ich flirtete mit meinen Augen, er ließ seinen Blick über meinen Körper wandern und es war wie eine stille Umarmung. Nun lag ich auf dem Rücken im Notarztwagen und bereute, mit ihm geflirtet zu haben. Er klebte lauter Streifen auf meine Brüste. Im Liegen auf dem Rücken habe ich zwar einen schönen flachen Bauch, doch leider klappt der Busen weg. Wenig später wurde das Martinshorn eingeschaltet. Ich dachte noch: „Ich kann nichts tun. Vielleicht sterbe ich und kann einfach nichts dagegen tun." Was für ein Datum war heute? An welchem Tag würde ich vielleicht sterben? Im Krankenhaus angekommen schoben sie mich in eine Röhre. Ich wusste nicht, worauf sie tippten, aber ich dachte nun nicht mehr, dass ich vielleicht sofort sterben würde. Denn dafür fühlte ich mich wieder ziemlich gut. Nun dachte ich, dass sie vielleicht etwas in meinem Kopf finden würden, was mich halbseitig lähmen könnte und zum Pflegefall werden ließ. Oder verrückt. Vielleicht würde ich zum letzten Mal einen klaren Gedanken fassen. Sie fanden nichts. Später in meinem Zimmer meinte der Arzt, dass ich vermutlich einen Nervenzusammenbruch hatte. Also doch verrückt.

Ich teilte mein Zimmer mit zwei wesentlich älteren Damen. Die eine erzählte mir von ihrem Darmverschluss, die andere von ihren drei geschiedenen Männern. Ich überlegte, welche mir sympathischer sein sollte. Dann fiel mir der Film ein. „Die Liebenden von Pont Neuf". Mit Juliette Binoche. Ich hatte den Film schon dreimal gesehen und dreimal hatte ich Probleme mit dem Schluss. Heute Abend lief der Film und ich wollte mir in aller Ruhe einen neuen Schluss ausdenken. Gute Filme mit unpassendem Schluss regten mich auf. Aber das erzählte ich der Schwester, als sie fragte, für welche Sendung ich mich heute Abend entscheiden würde, nicht. Lieber nicht, denn das Krankenhaus hatte auch eine psychiatrische Abteilung. Ein Blick in die Fernsehzeitung verriet mir, dass ich mir meinen Film in den Wind schreiben konnte. Eine Quizsendung von einem Programm und „Der Förster aus St. Augustin" vom anderen Programm. Wenn ich mir meine beiden Damen so betrachtete, würden sie sich eventuell für die Quizsendung entscheiden. Wie schade. So stand ich auf, zog mich an und ging hinunter in den Krankenhauspark. Mit meinem Buch.

„Ich habe gekocht", sagte ich zu dem Narbenmann neben mir, und er blickte mich traurig an. Ich klappte mein Buch zu und ging hinauf in mein Zimmer. Vorbei an der Cafeteria mit den Torten hinter Glas, wo der fette Sahnekuchen den Diabetikerpatienten leise zuflüsterte: „Iss mich, ich bin ein verzauberter Diätkuchen." Ich schaute bei meinen Damen vorbei, die sich gerade die „Lindenstraße" ansahen und seufzte leise. Meine Lieblingskrankenschwester lud mich zum Kaffee in den Vorraum ein, wir plauderten und irgendwann viel später ging ich ins

Bett. Als ich ins Zimmer kam, hörte ich die vertraute Musik. In einem Bett lag die Frau mit der Darmgeschichte und tupfte sich gerade mit einem Taschentuch die Tränen ab. Im Fernsehen lief der Abspann von „Die Liebenden von Pont Neuf". Die Frau mit den geschiedenen Männern lächelte mich an. „Wissen Sie, das ist mein Lieblingsfilm, nur der Schluss ist unpassend. Aber ich hab mir da gerade einen ausgedacht."

Eine Ahnung von Glück

Das Erste, das ich dachte, als er die Bibliothek betrat, war: „Na endlich". Denn ich hatte mein Horoskop für diesen Tag gelesen, in dem stand: Heute werden Sie eine Ahnung von Glück erfahren. Vielleicht sah er nicht wirklich richtig gut aus, aber er vermittelte das, was ich vermisste. Eine Sehnsucht. Eine kleine zwar nur, aber immerhin. Ich schätzte ihn auf 1,90m, schlank, aber nicht dünn, mit - und das fand ich wichtig- muskulösen Unterarmen. Und - was ich fast genauso wichtig fand - er war rasiert. Am Kopf. Und auf dem Kopf. Die Gesichtszüge waren markant, er hatte hellblaue Augen. Es war, als blicke ich in zwei kleine Seen. Augenblicklich überfiel mich die Wehmut. Ich wollte ans Meer. Als er in die Bibliothek kam, war ich allein an der Ausleihtheke. Ich sortierte alte Bücher aus, die keiner mehr lesen mag, die ich fast alle kannte, und bei jedem Buch, das den Stempel „aussortiert" bekam, tat mir das Herz weh. Als er kam, hatte ich gerade das Buch in der Hand, das ich las, als ich zum ersten Mal verliebt war. „Das schöne bisschen Leben" bekam von mir den Stempel, der es in den Buchbasar befördern würde. Wenn ich Glück hatte, nahm es jemand mit, las es abends bei spärlichem Licht in einem gemütlichen Bett und träumte anschließend davon.
„Was kann ich für Sie tun?", fragte ich, weil er nichts sagte und auch keine Anstalten machte, sich den Büchern zu widmen. Von mir ganz zu schweigen. Aber da zog er schon die Pistole. Ich überlegte, was das wohl werden sollte. Vielleicht würde er jetzt sagen:
„Achtung, das ist ein Überfall. Bitte geben Sie mir unverzüglich alle Hermann-Hesse-Gedichtbände raus?" Oder stand er mehr auf Hölderlin? Ich sah schon die Schlagzeile in der Tagespresse: „Täter überfällt Stadtbibliothek und nimmt alle Lyrikbände mit." Oder noch besser: „Täter überfällt Stadtbibliothek und nimmt alle Lyrikbände und Mitarbeiterin Stella S. mit." Und daneben ein vier- bis sechsspaltiges Foto. Von ihm und mir und der Pistole und der Bücherkiste. Er ist der Mann, er würde die Bücherkiste tragen müssen. Die Pistole würde ich schon schaffen.
„Mögen Sie lieber Hesse oder Hölderlin?", fragte ich ihn und er sagte: „Was ist los?" In diesem Augenblick kam meine Kollegin rein. Inge. Inge kam immer dann, wenn man sie nicht gebrauchen konnte. Bevor

sie den Mann wahrnahm, sagte sie ganz aufgeregt: „Mensch Stella, draußen ist alles voll Polizisten, das gibt's gar nicht. Da hat gerade einer die Sparkasse überfallen." Dann blickte sie auf den Mann und sagte: „Oh." Das ist ausgesprochen wenig für Inge, die immer darauf bedacht ist, in ganzen Sätzen zu sprechen, wie es sich gehört mit Subjekt und Prädikat. In der anderen Hand hielt er einen Beutel. „Ist das Geld da drin?", fragte ich ihn und er sagte: „Mund halten". Ich dachte, dass er für einen Banküberfall ruhig einen schöneren Beutel hätte nehmen können. Einen Plus-Beutel fand ich äußerst unpassend. Edeka wäre besser, vielleicht sogar Douglas, aber da passt nicht besonders viel Geld hinein, und überhaupt: Hatten die in der Sparkasse nicht diese schicken Stoffbeutel mit ihrer Werbung drauf?
Er ließ den Beutel fallen und ich dachte, dass er wirklich gut trainierte Unterarme hat, und mir fiel wieder ein, dass ich darauf total abfuhr. Und bevor ich mich versehen konnte, befand sich sein linker Unterarm unter Inges Hals und die Pistole drückte er an ihre Schläfe. Ausgerechnet Inge. Immer Inge. Dabei war sie weder jünger noch schlanker, nicht mal attraktiver. Insgeheim vermutete ich, dass mich gerade das so deprimierte. Aber immer musste sie im Mittelpunkt stehen. Ich sah mich schon aus dem vier- bis sechsspaltigen Foto der Tagespresse kippen. Inge auf Seite eins. Ganz klasse.
„Du rufst sofort die Polizei an und verlangst einen Fluchtwagen!", befahl er mir.
„Ich rufe überhaupt niemanden an", sagte ich entschieden. Wahrscheinlich hatte er mit keiner Antwort gerechnet, ganz bestimmt aber nicht mit dieser. Und nach Inges Blick zu urteilen, hatte ich es geschafft, auch sie zu überraschen.
„Stella, Mensch, mach was der sagt, das ist nicht witzig, der knallt uns ab." Hatte ich behauptet, das sei witzig? Ich erinnerte Inge daran, dass sie es war, die meinte, vor dem Haus stünden Unmengen von Polizisten. Warum also telefonieren? Waren sowieso zu hoch die Telefonkosten. Fenster auf, reden, Fenster zu.
„Sag mal, spinnst du? Los, mach jetzt, ruf die Bullen, sonst knall ich deine Freundin ab."
„Sie ist nicht meine Freundin, wir sind nur Kollegen", stellte ich den Sachverhalt richtig und überlegte, ob sie mir fehlen würde. Nein, ich

würde nicht den Diener spielen für diesen Macho und fand es ausgesprochen schade, dass der einzige Mann, der mich interessieren könnte und der unsere Bibliothek betrat, keinen guten Charakter zu haben schien. Ich rührte mich nicht vom Fleck.

„Stella, ich habe drei Kinder", flehte Inge, und ich dachte: „Das ist ja wohl nicht meine Schuld."

„Wegen dem ganzen Gestreite wollt ihr euer Leben aufs Spiel setzen?", fragte er und ich berichtigte: „Wegen des ganzen Gestreites." Obwohl sich das auch komisch anhört, ist aber eindeutig Genitiv.

„Sag mal Stella, hast du 'ne Meise, was ist denn mit dir los?"

Ich wusste gar nicht, was sie von mir wollte. Sie war doch diejenige, die es nicht ertrug, wenn jemand den Genitiv nicht richtig einsetzen konnte oder noch besser: gar nicht verwendete. Kaum kommt einer mit `ner Pistole, vergisst sie all ihre guten Manieren.

„Mädels, macht was ihr wollt, aber ruf mir einer die Bullen, sonst könnt ihr beide im Himmel weiter streiten."

„Stella, mach! Bitte!"

Sie hat „bitte" gesagt, aber dennoch. Ich blieb standhaft. „Nein", sagte ich entschieden.

„Das heißt" beide Augenpaare richteten sich auf mich „nur wenn ich die Geisel sein darf." „Hast du'n Knall?", die Frage kam in einheitlichem Ton aus beiden Mündern.

„Es ist mir ernst. Entweder ich kann die Geisel sein, darf mit dem Fluchtwagen fahren oder wir stehen hier bis in alle Ewigkeiten."

„Stella, der knallt uns ab. So sieht das aus."

Doch er schubste Inge weg, kam auf mich zu und hielt mir die Pistole an die Schläfe und sein linker Unterarm ruhte jetzt unter meinem Hals.

„Besser?", fragte er sarkastisch und ich sagte: „Viel besser".

„Na, ruf schon an bei der 110, warst doch die ganze Zeit so scharf drauf", sagte ich zu Inge, die zitternd neben dem Telefon stand. Damit hatte sie nämlich nicht gerechnet, dass ich, ausgerechnet ich, die liebe, nette, ruhige Stella, ihr die Show stehlen würde. Tja, da würde sie ihre Bücher allein aussortieren müssen. Keine Stella da, die hilft.

„Hallo, hier ist die Bibliothek, wir sind überfallen worden, der Täter verlangt einen Fluchtwagen." Inge musste noch einige Erklärungen abgeben, weil die Polizisten es wohl nicht glauben konnten, dass jemand eine Bibliothek überfällt, aber sie versprachen, ein Fluchtauto zu stellen.

„Wo wollen wir überhaupt hin?", fragte ich meinen Geiselnehmer. „Wenn das Auto da ist, dann kannste gehen, dich nehm ich nicht mit." Ich schluckte. Und dann ging alles ganz schnell. Er musste wohl gerade einen müden Augenblick gehabt haben, jedenfalls ließ er die Hand mit der Pistole sinken, ich schaute nach oben, er folgte meinem Blick und ich schnappte zu. Schnappte ihm die Pistole weg und hielt sie an seine Schläfe. Das war gewaltig. Die Pistole war kalt und vor allem viel schwerer als ich dachte. Und Inge, die dumme Inge, lächelte mich an. Dachte, dass für sie nun alles wieder gut sei.

„Bleib, wo du bist!" herrschte ich sie an, als sie sich auf mich zu bewegte. Sie erstarrte förmlich. „Und du, mein Freund, nimmst den hässlichen Beutel da und kommst mit mir zum Fluchtauto." Als wir vor die Tür traten, sah ich die Polizisten, die nicht sofort die Lage erkannten. Erst nach mehrmaligem Hinsehen bemerkten sie die vertauschten Rollen. Doch die Journalisten reagierten sofort. Klick, klick. Und ich dachte, dass ich ein wenig den Bauch einziehen sollte und etwas lächeln müsste. Ernst wirkte ich auf Fotos überhaupt nicht. Und meine Mutter würde womöglich sagen: „Ach Stella, immer diese Trauermiene, lächel doch mal." Also lächelte ich in die Kamera. Für meine Mutter.

Meine Geisel setzte sich ans Steuer. „Wohin soll ich denn fahren?", fragte er und ich blickte in seine blauen Augen wie in zwei Seen.

Zwischen dem Leben

Ich bin nicht ich. Ich lebe zwar hier, aber das hat nichts zu sagen. Zufall im höchsten Fall.

Nein, ich identifiziere mich nicht mit den Leuten, die auf die Frage, wie es ihnen geht, antworten: „Muss" oder „Muss ja". Ich teile meine Sorgen schon längst nicht mehr mit den Sorglosen. Teilen Sie Ihre Liebe mit den Lieblosen? Ihr Geschlecht mit den Geschlechtslosen? Es könnte einfacher sein, wenn es nicht verkompliziert worden wäre.

Ich lebe und staune selbst. Ich umgebe mich gern mit Menschen, denen bei guter Musik Tränen kommen. Und die sich dennoch nicht wegdrehen.

Ich übergebe mich gern hinter dem Rücken der Leute, die sich Freunde nennen, doch deren Gesichter verblassen, sobald es dämmert.

Immer lächeln, damit triffst du sie am tiefsten.

Nein, ich habe nicht das Gefühl, es ginge nicht weiter. Dazu habe ich oft genug am Leib der anderen spüren müssen, dass es gerade dann weitergeht, wenn man will, dass es aufhört.

Doch, ich habe einen Fernsehapparat, nur schau ich nicht hin. Und aus dem Radio erschlägt mich das Zwangs-Motivationsprogramm. Wo kann man denn heute noch Rätsel raten, ohne etwas gewinnen zu müssen? „500 Euro, wenn Sie erraten, wer von uns drei Moderatoren beim Onanieren am lautesten stöhnt."

Warum ich hier bin? Ich habe mir die Pulsadern aufgeschnitten. Denken Sie bloß nicht, dass ich gefunden werden wollte. Im Gegensatz zu den andern weiß ich, wie man's richtig macht.

Ob ich es wieder tun würde? Nun, ich halte immer, was ich nicht versprach.

Sommer

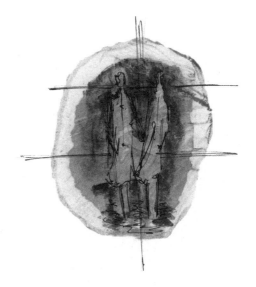

Die Liebe ist ein Kreis
und oben ist er offen,
so lass uns sachte hoffen
und uns verschwenden leis.

Und kommen wir zur Ruh
und finden in den Augen,
dass wir einander taugen,
dann schließen wir ihn zu.

Mit dem Rücken

„Ich glaube kaum, dass ich da hineinpasse." Die Schwester schaute mich fragend an. „Das war ein Witz", versuchte ich, ihren Blick zu entschärfen. Wie sollte sie auch wissen, dass es mir gut ging. So gut, dass ich mir kaum noch Gedanken um meinen Rücken machte. Ich habe die erste Nacht seit insgesamt 16 Nächten wieder in meinem eigenen Bett verbracht. Was störte es mich da, dass sie mich gleich in eine Röhre schieben würde, die den Eindruck erweckte, man müsse vielleicht beim Reinschieben nachstopfen.

Ich hatte schon so lange Rückenschmerzen, dass es mir fast wie ein Geschenk vorkam, wieder schmerzfrei und aufrecht gehen zu können. Dabei war mein Rücken immer ruhig und zufrieden. Und dann eines Morgens kam ich nicht aus dem Bett. Ich komme zwar morgens immer schwer aus dem Bett, aber so schwer… Ein heftiger Schmerz setzte am unteren Rücken ein und zog gleichberechtigt hinunter in beide Beine. An Arbeiten würde nicht zu denken sein. Überleben war mein nächstes Ziel. Auf allen Vieren krabbelte ich zum Zeitungsständer. Wer hatte Bereitschaftsdienst? Es war 6.45 Uhr und bis 7 Uhr hatte Dr. Schmidt Dienst. Nun aber schnell. Vielleicht war er gerade mit seiner Morgentoilette beschäftigt, vermutlich aufrecht vor dem Spiegel stehend, stellte ich neidisch in Gedanken fest, denn er ging nicht ans Telefon. Als ich Dr. Schmidt endlich erreichte, fühlte ich seinen Blick auf die Uhr. „Es ist kurz vor sieben." Ich kenne die Uhr. „Na, ich komm dann mal."
Bei einer bestimmten Schmerzgrenze realisiert man nicht, wie erniedrigend es ist, einen Mann auf allen Vieren zu empfangen. Der Schmerz war heftiger als mein Stolz. Er gab mir eine Spritze, meinte: „Mit dem Rücken können Sie erstmal nicht arbeiten gehen", setzte sich auf mein Sofa und erzählte mir vom schlimmen Bürokratismus und dem Ärger mit den Krankenkassen. Ja, doch, das interessierte mich jetzt sehr, wo ich immer noch in Hockstellung nach meiner Chipkarte suchte. „Ein Glück, dass sie nicht im Handschuhfach des Autos ist, haha". Dr. Schmidt scherzte, konnte jedoch nicht erwarten, dass ich ihn beim Lachen begleiten würde.

„Das Kopfende ist nicht geschlossen und auch das Fußende wird offen bleiben", erklärte die Schwester mir ruhig und deutlich. „Wollen Sie

Ohrstöpsel?" Aber nein, ich wollte doch keine Ohrstöpsel. Ich hatte einen Campingurlaub hinter mir - mit dem Rücken - da bin ich Luxus nicht mehr gewöhnt. Sie schob mich langsam hinein und: O Wunder, ich passte. „Die Untersuchung wird ungefähr 15 Minuten dauern. Und bitte, liegen Sie ganz still." Was sind denn 15 Minuten? Das erste Geräusch erinnerte mich an Bauarbeiterlärm. Ich schloss die Augen und dachte an meinen Urlaub.

Wer hatte die Idee mit dem Wohnwagen? „Du, Mama", antworteten die Kinder im Duett, als ich gleich nach der zweiten Nacht die Frage auf den Frühstückstisch warf. Draußen vor dem Wohnwagen schwammen Enten. Es hatte geregnet. „Das ist vielleicht ein Rheuma-Campingplatz", meinten die Wohnwagen-Kenner, die Bescheid wussten, wo man duscht und wo lieber nicht. Alle lachten. Ich nicht. Denn immerhin hatte ich seit dreieinhalb Monaten Rückenschmerzen mit mittlerweile einigen Verdachts-Krankheiten, die allesamt nicht so angenehm sein würden, wenn sie sich bestätigen sollten. Rheuma war auch dabei.
Ich bin eigentlich nur campen gefahren, weil meine Mutter meinte: „Was, du willst campen? Du? Mit dem Rücken?" Und plötzlich wusste ich nicht, warum ich nicht schon viel früher mal campen war. Es schien mir paradiesisch schön. Und es ging besser, als ich dachte. Man braucht einfach ein paar Tage, um sich daran zu gewöhnen, dass, sollte man nur einen Platz ohne Strom bekommen haben, der Fön nicht funktionieren konnte. Und wenn 25 Leute vor dir duschen, schwimmt halt der gesamte Sanitärbereich. Ich gewöhnte mich sogar an die Zuschauer, wenn ich mir die Zähne putzte. Und ich glaube, ich habe ein bisschen gründlicher geputzt. Nur wenn neben mir einer qualsterte und den Schleim lautstark ausspuckte, setzte mein Würgereflex ein. Nur dann. Und das war ja nicht jeden Morgen so.
„In Schweden regnet es eigentlich nie 24 Stunden am Stück", sagte der Wohnwagen-Kenner, als es zwischendurch mal sieben Minuten aufhörte. Ich freute mich. Und redete mir ein, wie unangenehm dagegen 35 Grad im Schatten wären. Meine Nachbarn waren gerade in Kroatien. 35 Grad im Schatten. Wer braucht denn so was. Aber 35 Grad im Schatten würde bedeuten: trockene Handtücher und keine Enten vor dem Wohnwagen.

Vielleicht hätte ich mir doch Ohrstöpsel geben lassen sollen. Sie hatten inzwischen den Presslufthammer eingesetzt. Hoffentlich bekomme ich keinen Gehörschaden. Der Rücken ist gut und nun bin ich taub. Aber der Rücken war gar nicht gut. Das merkte ich jetzt, weil ich schon eine ganze lange Weile auf ihm lag. Hatte sie nicht was von 15 Minuten gesagt? Waren die nicht längst um? War die Luft nicht plötzlich schlechter geworden? Aber zum Glück war das Kopfende offen. Ich wollte nach hinten sehen, aber das ging nicht, es war zu eng. Hatten sie das Kopfende wirklich offen gelassen? Ich nahm die rechte Hand nach hinten und tastete. „Bitte bleiben Sie ganz ruhig liegen." Die Schwester gab durch ein Mikrofon Anweisungen. Ist ja gut. „Es dauert höchstens noch zehn Minuten".

Was? Zehn Minuten? Immer noch? War das normal oder hatten sie in meinem Ileosakralgelenk was gefunden? Da bestand immerhin ein Verdacht. Ich wurde unruhig. Und die Geräusche immer lauter.

Nachdem ich fähig war, den Orthopäden aufzusuchen, hatte ich zwar den Rücken unter Kontrolle, aber die Schmerzen behielten mich im Auge. Ich saß zwanzig Minuten im Warteraum und plötzlich schienen sich alle Patienten wie Elfen zu bewegen. Sie schwebten geradezu. Sogar die älteren. Wenn man beim Orthopäden im Warteraum sitzt, dann denkt man doch, dass alle etwas schief gehen oder wenigstens humpeln. Doch nichts davon war der Fall. Die Einzige, die schief ging und humpelte, war ich. Ich bekam eine Spritze und sollte noch eine Weile sitzen bleiben, falls der Nerv getroffen sein würde. „Wie äußert sich das?", fragte ich die Schwester bestürzt. „Na, das Bein wird taub." „Ach so." Ich setzte mich also wieder in den Warteraum zu den Elfen, blätterte in einer Zeitschrift und blieb an einem Artikel über Professor Gunter von Hagens und seinen Körperwelten hängen. „Erst wird die Haut abgezogen und dann…". Mir wurde schlecht. Außerdem war mein rechter Fuß gelähmt. Ich humpelte zu der Schwester. „Mein Nerv ist getroffen. Der Fuß ist schon gelähmt und nun zieht es das ganze Bein hoch", sagte ich und meinte eigentlich „Notfall". Die Schwester lächelte: „Wenn Sie mit Ihrem gelähmten Fuß bis hierher gekommen sind, ist doch noch alles in Ordnung." Ich hüpfte vor Wut auf dem linken Fuß zurück in den Warteraum. „Vielleicht ist Ihr Fuß nur eingeschlafen", versuchte mich ein Mann zu trösten. Spinnt der?! Denkt der, ich könnte einen eingeschlafenen Fuß nicht von einem gelähmten unterscheiden? Als ich zwei Wochen später wieder zum Arzt musste, hatte ich mich bereits im Internet schlaugemacht. Ja, ja. Und mein Leiden bekam einen Namen. Er hörte zu und nahm mich ernst und meinte, dass es sich eventuell um die Krankheit handeln könnte, die nicht heilbar und allmählich zur Versteifung der Wirbelsäule führen würde. So deutlich hat er mir das natürlich nicht gesagt, aber ich hab's in seinem Blick gelesen. Und im Internet. Vor allem der Morgenschmerz war ein Zeichen dafür. Zwischen vier und sechs Uhr morgens wurden die Schmerzen verstärkt auftreten und viele Patienten wachten davon auf. Als ich das erste Mal von meinem Rücken geweckt wurde, schaute ich auf den Wecker. Zehn nach vier. Na bitte.

„So, das war's schon". Ich wurde langsam aus der Röhre gefahren und sah den leicht lächelnden Blick der Schwester. Er könnte heißen: „Tja, da können wir nichts mehr machen." „Das waren aber lange 15 Minuten", versuchte ich, ihren Blick zu deuten. „Manchmal muss der Arzt eben öfter hinschauen." Öfter hinschauen. Ich wünschte ihr ein schönes Wochenende und schenkte ihr mein schönstes Lächeln, so als könne meine Freundlichkeit positiven Einfluss auf den Befund haben. „Nein, nein, nehmen Sie im Wartezimmer noch mal Platz, der Doktor wertet die Untersuchung gleich mit Ihnen aus." Was?! Darauf war ich gar nicht vorbereitet. Er würde mir die Diagnose also einfach so sagen und sie nicht mal in einen mit Klebestreifen zugeklebten Brief an den Arzt mitgeben? Den ich natürlich sofort im Auto aufreißen und lesen würde. Aber darum ging es hier nicht. Ich spürte, wie ich anfing zu schwitzen. Die Zeitschriften im Warteraum waren gut gefüllt mit Geschichten über die berühmten Leute. Keine Fachzeitungen. Wahrscheinlich sollte vom eigenen Leiden abgelenkt werden. Doch es half mir nichts, dass die zweite Ehe von Prinzessin Stephanie von Monaco ebenso gescheitert war und sie nun schon den 17. Liebhaber hatte. Ich zählte in Gedanken meine Liebhaber. Was zählt überhaupt dazu? Wenn man geknutscht hat, ist das dann auch schon ein Liebhaber? Ich kam nicht mal in die Nähe der 17.

„Kommen Sie bitte?" Ach du Schreck. Es ging los. Ich erhob mich schwerfällig. „Herr Doktor, Sie können mir die Wahrheit sagen. Wie

lange werde ich noch aufrecht gehen können?" Er lächelte. In seinem Blick lag etwas von „ruhig bleiben und keine Panik."
„Verschleiß."
Wie jetzt.
„Ihre Bandscheiben weisen deutlich einen Verschleiß auf. Hier, ich kann Ihnen das zeigen." Und dann hielt er die Aufnahme gegen das Licht, doch wer will sich etwas anschauen, was nach „Verfallsdatum fast überschritten" klingt.
„Na, das hätte schlimmer kommen können", aufmunternd nickte mir der Arzt zu. „Sie sind ja nun auch keine 20 mehr." Er steigerte sich. Gleich würde er noch was zu meinem Gewicht sagen. Wie viel sympathischer mein Leiden doch wäre, wenn man ihm einen lateinischen Namen geben könnte. Doch danach mochte ich den Arzt nicht mehr fragen.
„Wenn Sie sich auf die Situation einstellen, können Sie völlig normal leben", sagte der Arzt abschließend. „Sie müssen ja nicht gerade campen fahren, mit dem Rücken."

Vergangenheit mit Aussicht

Sie hatte keine Chance. Von Anfang an nicht. Denn sie war mal fast die Freundin meines Freundes. Vor meiner Zeit, versteht sich. Sogar weit vor meiner Zeit. Und eben auch nur fast. Sonst hätte ich sie durchaus attraktiv finden können. Obwohl sie in ihrem Hosenanzug ein kleines bisschen hausbacken wirkte. Nicht, dass ich etwas gegen Hosenanzüge hätte. Es lag eindeutig an ihr und ihrer Fast-Freundschaft. Und vielleicht daran, dass ich nie Hosenanzüge trage. Sie haben so etwas von „rühr mich nicht an." An diesem Tag überlegte ich, ob es vielleicht deshalb nur eine Fast-Freundschaft war. Wegen der Hosenanzüge. Ich wollte eventuell Roberto heute Abend danach fragen, aber nur eventuell, wenn sich die Gelegenheit dafür ergeben sollte. Er redete nicht so gern über ehemalige Freundschaften und schon gar nicht über ehemalige Fast-Freundschaften.

Ich saß im Wartezimmer des Hals-Nasen-Ohrenarztes und es sah ganz danach aus, als würde ich viel Zeit haben, meinen Gedanken Futter zu geben. Nach mir kamen zwei Herren. Beide rochen gleich streng, doch nach unterschiedlichem Parfüm. Einer roch ein wenig nach Zimtschnecken. Ich mochte Zimtschnecken ganz gern, nur wusste ich nicht, dass es davon jetzt auch Parfüm gab. Den Duft des anderen Herren konnte ich nicht identifizieren. Doch ich musste davon husten. Vermutlich ein Abenteuer-Parfüm.

Die ehemalige Fast-Freundin hatte sich inzwischen umgezogen. Schwesternkluft. Sie rief den ersten Patienten auf und ich dachte: „Nun sieht sie nicht mehr nach 'rühr mich nicht an' aus." Die weiße Hose war durchsichtig. Sie war sogar so durchsichtig, dass man durch sie hinweg erkennen konnte, dass sie bei 60 Grad zu waschen war. Darunter trug sie einen gelben Slip. Na, das war ja wohl Stilbruch. Auch wenn sie als ehemalige Fast-Freundin sowieso nicht gut weggekommen wäre. Sie hätte wohl eine Chance gehabt, wenn sie damals etwas von Roberto gewollt hätte und er nicht. Aber stattdessen hat er sich sehr um sie bemüht und sie hat ihn verschmäht. Das hat er auch noch zugegeben. Und das war ein Unterschied. Ein entscheidender sogar. Wenn ich mir vorstellte, wie er sich um sie bemüht haben könnte, denn Einzelheiten hat er mir nicht verraten, dann kam sie gleich noch schlechter weg. Ihre Hose hätte sie ruhig eine Nummer größer wählen können. Wahrscheinlich hatte sie eine Diät hinter sich mit mäßigem Erfolg, und Frauen neigen dann dazu, die Garderobe sofort auf eine Konfektionsgröße weniger umzustellen. Mein Handy vibrierte. Ich hatte eine Kurzmitteilung. Von Roberto. Er tat das öfter und schickte kleine Liebeserklärungen. Und das nach zwei Jahren. Diese war besonders süß. Genau genommen war sie so süß, dass mir einfiel, dass diese Fast-Freundschaft mit der Sprechstundenhilfe sieben Jahre zurücklag. Ist das Verfallsdatum dieser Begebenheit nicht langsam mal überschritten? Ich fand es immer alberner von mir, sie so genau zu beobachten und so an ihr herumzumäkeln. Sie hatte doch so schönes Haar. Ich war wirklich zu eifersüchtig. Ich beschloss sie anzulächeln. Verjährt.

Als sie meinen Namen aufrief, erhob ich mich und lächelte ihr breit ins Gesicht. Versöhnung. Sie zog die Stirn ein wenig kraus und sagte: „Jetzt erkenne ich Sie. Von Ihrem Freund hab ich noch einen ganzen Stapel Liebesbriefe."

Blaue Flecken

Danke, es geht mir gut. Obwohl ich ziemliche Nackenschmerzen habe. Aber das ist ohne tiefe Bedeutung. Was ich gemacht habe? Du, ich wollte eigentlich einen ganz normalen Tag haben. Morgens etwas ausschlafen, aber nicht zu lange, dann in Ruhe Kaffee trinken. Ich meine, das ist doch in Ordnung, oder? Später bin ich dann baden gefahren. So richtig klassisch. Mit 'ner großen Decke und so. Und Sonnenlotion mit Lichtschutzfaktor 25. Ich bin geschwommen, hab gelesen und Leute beobachtet. Weißt du, da hab ich plötzlich gemerkt, dass ich diese ganze Aufregung nicht mehr brauche. So mit Herzklopfen und Kribbeln im Bauch und weichen Knien. Und mit Appetitlosigkeit, und später, wenn es sich weiterentwickelt, mit Losrennen und schicke Unterwäsche kaufen. Oh Mann, bin ich froh, dass ich das nicht mehr brauche. Diesen Stress, dieses „auf die Uhr sehen" und sich wundern, dass die Zeit nicht vergeht. Immer nur von Treffen zu Treffen leben. Zeit überspringen. Zuerst Gefühle dosieren aus Angst, verletzt zu werden. Schließlich irgendwann „Ich liebe dich" sagen können.
Und dann geht es aus irgendeinem Grund nicht mehr weiter. Ich meine, aus irgendeinem Grund geht es doch immer nicht weiter. Dann trennt man sich und verbringt sehr viele Stunden damit, den Schmerz im Körper abzubauen. Das ist wie mit dem Gewicht. Zunehmen geht schneller als die Pfunde wieder loszuwerden. Plötzlich will man die Zeit zurückdrehen, weil man vielleicht etwas übersehen hat. Man übersieht doch ständig etwas.
Wenn du das brauchst, bitte, aber ich bin glücklich. Ich lag auf der Decke am Wasser und war glücklich.
Ich bin dann wieder nach Hause gefahren. Zuerst hab ich nur das Auto gesehen. Bei dieser Sorte Auto schaue ich immer zuerst auf das Kennzeichen, das hat nichts zu sagen. Hey, wirklich nicht. Man kann nicht plötzlich damit aufhören, wenn man etwas lange Zeit so gemacht hat. Ich schaute auf das Kennzeichen und dann ins Auto hinein und dann verdrehte ich mir den Nacken, weil man als normaler Mensch unmöglich so weit nach hinten schauen kann. Ich meine, es ist doch nicht schlimm, nur weil man sich nach jemandem umdreht. Ständig dreht man sich nach jemandem um, vielleicht nicht so ruckartig und so weit,

aber wirklich, du übertreibst. Außerdem war ja gar nichts richtig zwischen uns. Ich meine, das mit dem Loslaufen und Unterwäschekaufen, das fand ja gar nicht statt. Eine Begegnung und ein einziger Abend können doch nicht mein Leben nachhaltig beeinflussen. Das ist doch einfach unmöglich. Das musst du doch einsehen. Zugegeben, als ich mir so ruckartig den Kopf verdrehte, war ich kurz etwas irritiert, weil mir innerhalb von zweihundertstel Sekunden wieder eingefallen ist, wofür ich drei Jahre brauchte, um es zu vergessen. Drei Jahre und zwei Freunde. Kann ich etwas dafür, dass kein anderer jemals auf die Idee kam, nachts mit mir übern Deich zu laufen und Herman van Veens Texte zu zitieren? Weißt du, alle Menschen denken doch am Anfang einer Beziehung, es wäre Magie und etwas Besonderes. Nicht so trivial wie bei den anderen. Mit dem Unterschied, dass es zwischen uns wirklich etwas Besonderes war. Das ist so, als ob du in ein Kleidungsstück schlüpfst. Er passte wie angegossen.

Als ich dann nach Hause fuhr mit meinem verdrehten Kopf, dachte ich: „Mist!" Wer hat mir die lebenslängliche Verurteilung gewünscht? Du? Abends hab ich dann sicherheitshalber auch den zweiten Traumfänger übers Bett gehängt. Aber es hat nichts genützt. Ich habe trotzdem von ihm geträumt. Als ich merkte, ich würde gleich erwachen, hab ich mich an ihn geklammert. Richtig fest. Hast du gewusst, dass man im Traum jemanden richtig spüren kann?

Ob er blaue Flecken an den Armen hat? Ob ich ihn anrufen und ihn das fragen sollte? Man kann doch mal jemanden anrufen, da ist doch nicht gleich was dabei. Wie gesagt, mir tut noch ganz schön der Nacken weh, aber damit kann ich ja zum Arzt gehen.

Nichts von Bedeutung

„Wenn ich mit Hans-Georg tanzen muss, geh ich sofort ins Hotel", der Ton meiner Mutter war messerscharf. Wir waren auf dem Weg nach Ludwigsfelde, denn die Großtante meines Vaters wurde 90 und war der Meinung, alle da mit hineinziehen zu müssen. „Mach doch nicht so ein Gesicht, Jette, du siehst viel hübscher aus, wenn du lächelst", versuchte mein Vater, mich aufzuheitern. Wir waren zwei Tage zuvor aus dem Urlaub zurückgekommen. Zwei Wochen Zingst bei herrlichem Sonnenschein, wunderbarem Strand und einem sehr süßen Strandkorbnachbar-Jungen. Zugegeben, er war mit seinen 15 Jahren vielleicht ein winziges Stückchen zu alt für mich und meine zarten 13, aber er war so wunderbar. Noch wärmer als die Sonne. Nach einer Woche intensiven Guckens und Lächelns spielten wir Federball. Seine Mutter hat dann meiner Mutter erzählt, dass er bis vor kurzem noch eine Freundin hatte, aber weil sie immer rot beim Küssen wurde, hätte er Schluss gemacht. Ich hatte noch nie zuvor geküsst. So konnte ich auch nicht wissen, ob mir gleiches Schicksal widerfahren wäre. Und leider kam ich auch nicht in die Verlegenheit, denn die zweite Woche ging so schnell vorbei und wir kamen über das Federballspielen nicht hinaus. Der Abschied war kurz und schmerzvoll, er drehte sich nur einmal nach mir um, während ich fast rückwärts ging. „Nichts von Bedeutung", meinte meine Mutter, als mein Vater versuchte, mich zu trösten.

Nun war ich also noch vollkommen erfüllt von meiner Sehnsucht und nicht bereit, einen 90. Geburtstag feiern zu wollen. Doch meine Eltern kannten keine Gnade. „Wir sind eine Familie und fahren alle", sprach mein Vater und merkte noch mit einem Lächeln an: „Außerdem brauche ich jemanden, mit dem ich mich unterhalten kann, wenn deine Mutter mit Hans-Georg tanzt." „Wenn ich mit Hans-Georg tanzen muss, geh ich sofort ins Hotel", sprang meine Mutter wie auf Knopfdruck an. Hans-Georg war ein Cousin meines Vaters, zwar verheiratet, doch nicht so sehr, dass er nicht hin und wieder meiner Mutter schöne Augen machte, wie mein Vater es ausdrückte. Und sie mochte ihn gar nicht wegen seiner schleimigen Art, wie sie es ausdrückte.

So saßen wir also in unserem Auto auf dem Weg nach Ludwigsfelde und ich wusste schon, wie sehr ich mich langweilen würde. „Wenn wenigstens Jugendliche in meinem Alter da wären", maulte ich los. „Schatz, es ist ein 90. Geburtstag, da sind die meisten etwas älter", meinte meine Mutter. „Aber die müssen doch auch Kinder haben", jammerte ich weiter. „Warum bringen sie die denn nicht mit?" „Einer bringt ja Hans-Georg mit", lachte mein Vater und meine Mutter holte tief Luft. „Ja, ich weiß, Liebling, dann gehst du ins Hotel." Ich musste grinsen. Wenigstens konnte ich schon wieder schadenfroh sein. „Was meinst du, Jette, wer wird als Erster feststellen, dass du schon wieder gewachsen bist?", fragte mein Vater. Ich war viel zu groß für mein Alter, immer schon, und jedes Mal fingen die Verwandten noch vor dem „Guten Tag" an zu wundern. „Ach nein, Jette, Kind, wo willst du denn noch hinwachsen." Mein Vater konnte das toll nachmachen. Er zog dafür die Stirn in Falten wie Tante Lieselotte, hob die Stimme und los ging's.

Als wir ankamen, lagen sich alle vor Freude in den Armen, nur ich blieb etwas abseits stehen, damit ja keiner auf die Idee kommen könnte, mich küssen zu wollen. „Ach, da ist ja auch die Jette. Liebe Güte, du hörst wohl nie auf zu wachsen, was?" Diesmal war es eine andere Tante, die das bemerkte, und ich dachte, dass ich eigentlich sagen müsste: „Und du hörst wohl nie auf zu essen, was"? Das reichte mir schon wieder. „Die Jette, die wird ja immer hübscher. Nur mit dem Wachsen musst du aufhören, sonst bekommst du mal nie einen Mann." Tante Lieselottes Worte trafen tief, denn sie erinnerten mich an Zingst. Und ich war noch etwas wund im Herzen. Mein Vater strich mir über den Kopf und meinte: „Dabei hatte sie so einen schönen Sommerflirt", und meine Mutter sagte: „Ach, das war doch nichts von Bedeutung."

„Aber da ist ja der Hans-Georg", sagte ich extra laut mit einem zuckersüßen Lächeln zu meiner Mutter und überlegte, ob ich ihn nicht herwinken sollte. Das brauchte ich aber nicht zu tun, er kam von ganz allein, begrüßte uns höflich und schaute über das zögerliche Handgeben meiner Mutter gekonnt hinweg.

Am Tisch wurde es stiller, denn alle waren mit dem Essen beschäftigt. Ich fand es langweilig, wurde immer trauriger, bis ich ganz hinten einen Jugendlichen sah. Einen überdurchschnittlich gut aussehenden Jugendlichen. „Wer ist denn das da?", fragte ich Tante Lieselotte, die alle kannte. „Das ist der Benno, ein verrückter Typ, auf den lass dich bloß nicht ein, stell dir vor, der spielt Gitarre in so einer Punk-Band." Nun wurde es interessant. Denn Benno und ich hielten Blickkontakt. So bekam ich zuerst gar nicht mit, dass Hans-Georg gleich für die zweite Tanzrunde meine Mutter in Anspruch nahm. Mein Vater schmunzelte. „Sie wird gleich ins Hotel gehen", sagte ich verängstigt, und er meinte: „Dazu muss sie erstmal die Gelegenheit bekommen." Sie setzte sich nach insgesamt sieben Tänzen mit einem wütenden Blick an unseren Tisch. „Das war vielleicht schwer, den loszuwerden", meinte sie tapfer und froh, nicht mehr mit ihm tanzen zu müssen. Doch er setzte sich kurze Zeit später einfach zu ihr und mein Vater verwickelte ihn schnell in ein Gespräch, damit die Mutter wieder bessere Laune bekam. Kurz darauf kam die Ehefrau von Hans-Georg. Schnurstracks ging sie auf meine Mutter zu und ich dachte: „Nanu, will sie jetzt auch mit ihr tanzen." Sie knallte ein Schlüsselbund auf den Tisch und sagte so laut, dass es alle hören mussten: „Zu Hause kriegst du das Kreuz nicht gerade und hier hüpfst du wie ein 20-Jähriger. Ich gehe ins Hotel." Meine Mutter bekam einen hochroten Kopf, ich überlegte, ob laut lachen angebracht sein konnte, nur Hans-Georg blieb einfach sitzen. Mein Vater schaute mit vielsagendem Blick zu meiner Mutter: „Ich kann doch niemanden verprügeln, der Rückenschmerzen hat", und da stand plötzlich Benno vor mir. „Kommst du ein Stück mit spazieren?" Natürlich. Wir redeten über alles Mögliche und ein wenig später versteckten wir uns hinter einer Hecke. Bevor ich überlegen konnte, ob man beim Küssen die Augen schließt, war's schon geschehen. „Jette", hörte ich meine Mutter unweit entfernt rufen. „Jette, wo bist du denn. Ich will ins Hotel." Wir kamen aus unserem Versteck, hielten uns an den Händen. „Was macht ihr denn da?", fragte meine Mutter verwundert. Ich grinste: „Ach, nichts von Bedeutung."

Was die Nacht zu bieten hat

Die Ampel stand auf Rot. Larissa nutzte die Zeit, um sich eine Zigarette anzuzünden. Die dritte, seit sie von zu Hause weggefahren ist. Und es waren knapp 20 Kilometer. Hastig inhalierte sie den Rauch. „Wenn alles gut geht, höre ich morgen auf mit dem Zeug", sagte sie zu sich selbst. Sie schaute auf die Uhr: 23.40 Uhr. „Gut, ich schließe jetzt die Augen, und wenn ich sie öffne und es ist immer noch Rot, kehre ich um." Das Hupen hinter ihr verriet, welche Farbe die Ampel inzwischen zeigte. Und der Fahrer, der sie wenig später überholte, ließ mit einem nochmaligen Hupen verlauten, was er von ihrer langen Wartezeit hielt. Doch Larissa hatte keine Zeit, sich darüber zu ärgern. Sie war mit ihren Gedanken ganz woanders. „Na gut", sagte sie sich, „dann mach ich's eben." Sie zitterte. Ganz leicht zwar nur, aber die um diese Zeit immerhin noch 20 Grad gaben keinen Grund zum Zittern. „Alles ganz harmlos", sprach sie leise vor sich hin. „Es ist nichts dabei." Die zweite Querstraße musste sie links abbiegen. 100 Meter weiter hielt sie an. Ganz in Ruhe rauchte sie die Zigarette zu Ende, blickte zum Beifahrersitz und strich über das Buch. Dann nahm sie es in die Hand, stieg aus, warf die Zigarette auf die Straße und brachte sie mit dem Absatz ihrer rechten Sandalette zum Ruhen. Und dabei presste Larissa das Buch so fest an sich, als hätte sie Angst, es könne ihr aus den Händen fallen und in 1000 Scherben zerspringen. Nun ging sie langsam die lange Straße hinunter. Die Absätze ihrer Schuhe verrieten sie. Ganz leise wie ein Dieb schlich sie auf Zehenspitzen an den Häusern entlang und war schließlich an dem großen Backsteinhaus angekommen. Geheimnisvoll blickte Larissa zu den Fenstern. Nur hinter einem brannte noch Licht. Sie versuchte zu erkennen, ob sich die Gardine bewegte. Wo sein Fenster war, das wusste sie nicht. Die Briefkästen standen am Rande der Auffahrt und waren fast vollständig von der Nacht verschluckt. Larissa atmete in langen Zügen ein und aus, sah sich noch mal nach allen Seiten um und ging auf die Auffahrt zu. Plötzlich stand sie in hellem Licht. Sie erschrak und lief rückwärts, stolperte, knickte um und kam an der Mülltonne zum Stehen. Verdammt, war das ein Krach. Larissa beruhigte sich etwas, als sie erkannte, dass niemand das Licht angeschaltet hatte. Ein Bewegungsmelder wollte ihren Besuch ankündigen. Kein Problem, sagte sie sich

still und diesmal war sie auf das Licht vorbereitet. Allerdings entledigte sie sich vorher lieber ihrer Sandaletten. Am Briefkasten von Hannes Behlau blieb sie stehen. Zu ihrer Überraschung war das Buch dicker als der Posteinwurf es zuließ. Das konnte kaum wahr sein. Es ließ sich zwar hineinschieben, blieb aber in der Mitte stecken. Larissa probierte es einige Male und fand, dass es nicht gut aussah. Dieses wunderbare Buch für diesen Mann bis zur Hälfte im Briefkasten klemmend. Das hatte etwas Unvollendetes. Was sollte sie jetzt tun? Wo sie all ihren Mut zusammengenommen hatte, um es überhaupt bis hierher zu schaffen? Sollte sie sich von Din-Normen in die Knie zwingen lassen?
Das Buch war von ihr gelesen, mit kleinen Notizen am Rande versehen und an einigen Stellen markiert. Sie wollte es ihm gebraucht schenken. Hannes Behlau war Stammkunde in der Bibliothek, in der Larissa arbeitete. Zwar war sie für die Kinderabteilung zuständig, dennoch interessierte sie sich insgeheim schon dafür, was er so las. Und das entsprach absolut ihrem Geschmack. „Man kann doch mal jemandem ein Buch schenken", beruhigte sie sich an den Briefkästen mitten in der Nacht. Doch eigentlich war sie Hannes schon viel früher begegnet. Vor ungefähr drei Jahren, als sie mit ihrem Auto rückwärts von der Hofeinfahrt auf die Straße wollte. Als sie in den Rückspiegel sah, begegneten sich ihre Blicke. Einen Moment zu lange hielt sie diesem Blick stand, sah nur sein Gesicht und dass er die langen Haare straff nach hinten gebunden hatte. Und hoffte von diesem Augenblick an, sie würden sich wieder begegnen. Seine Augen begleiteten sie nachts in den Schlaf. Doch erst viel später sah sie ihn in der Bibliothek und dann war es sehr leicht für Larissa, seinem Gesicht einen Namen zu geben. Sie hatten erst ganz wenige Möglichkeiten gehabt, sich zu unterhalten, es ging nie über ein „Hallo, was liegt denn gerade auf deinem Nachtschrank?" hinaus. Sie drehte sich noch einmal um, sah ihr Buch im Postschlitz festklemmen, zog die Schultern ein und ging zögerlich. Der Weg zum Auto zurück kam ihr länger vor, dabei waren es knapp 150 Meter. Sie war nicht ein bisschen ruhiger als auf dem Hinweg und zündete sich noch eine Zigarette an. Was hatte sie erwartet? Dass die Anspannung nachließ? Irgendetwas war anders. Dann fiel ihr Blick auf die Füße. Verdammt, sie hatte die Schuhe vergessen. Sie lehnte sich lässig an ihr Auto, schaute in den Nachthimmel, sah eine Sternschnuppe und wünschte sich nichts. Dann

rauchte sie die Zigarette langsam zu Ende und plötzlich kam sie sich lächerlich vor. Sie dachte an Hannes. Wie er das Buch finden würde. Vielleicht würde es aber auch rausfallen. Es würde herausfallen, jemand anderes würde es aufheben und wegwerfen. Aber wie sollte das Buch freiwillig herausfallen, wenn es nicht mal freiwillig durchrutschte. Vielleicht sollte sie es ihm einfach ganz öffentlich beim nächsten Bibliotheksbesuch in die Hand drücken und sagen: „Das musst du lesen. Unbedingt." Die Idee kam ihr plötzlich viel wertvoller vor, weil er ihr dann das Buch ja wiederbringen würde. Und vielleicht käme ein lockeres Kaffeetrinken zustande. Warum hatte sie daran nicht viel früher gedacht? Sie schaute auf die Uhr. 00.50 Uhr. Kurz entschlossen ging sie den Weg zurück zum Backsteinhaus. Da sie nun keine Absätze mehr hatte, die sie verraten konnten, war es eine Stille, in der ihr eigener Atem zu laut schien. Dementsprechend drosselte sie ihn und kam schließlich japsend an ihr Ziel. „Ich muss nicht nur aufhören zu rauchen, sondern auch anfangen zu joggen."
Inzwischen war es auch hinter dem letzten Fenster dunkel. Larissa suchte ihre Schuhe. Sie war sich sicher, sie genau vor den Mülltonnen abgestellt zu haben. Doch da war nichts. Diesmal erschrak sie auch nicht, als sie den Bewegungsmelder beanspruchte. Aber dann. Dann erschrak sie. Denn in dem Briefschlitz von Hannes Behlau steckte nichts. Larissas Herzschlag drohte sich unkontrolliert zu beschleunigen. Sie versuchte durch den Schlitz zu schauen, klopfte gegen den Kasten, doch der hörte sich hohl an. Plötzlich wurde ihr bewusst, was passiert sein musste. Wie beim Stehlen ertappt, drehte sie sich um. Niemand war zu sehen. Solange sie da auch stand und abwechselnd auf den Briefkasten und auf die Mülltonnen starrte, es änderte sich nichts. Das Buch war weg. Und die Schuhe ebenfalls. Für den Moment konnte Larissa nicht einschätzen, welcher Verlust schwerer zu tragen war. Sie schaute an sich hinunter auf ihre nackten Füße und fühlte sich erniedrigt.
Den kleinen Rest, den diese Nacht noch zu bieten hatte, schlief Larissa unruhig. Sie träumte, wie ihre Sandaletten im Posteinwurf von Hannes Behlau festklemmten, wie er sie herausziehen wollte und dabei die Absätze abbrach.
Am nächsten Tag sah Larissa trotz des Sonnenscheins trüb aus. In der Mittagspause verzog sie sich in den Pausenraum, bis die Kollegin sie

holte. Vor dem Bücherregal mit den schönsten deutschen Märchen stand Hannes. Larissa schluckte schwer. In der Hand hielt er ihre Sandaletten. „Wem die passen, der muss mit mir was trinken gehen." Die Kollegin grinste „Da haben Sie sich ja was vorgenommen, junger Mann. Das ist Schuhgröße 38, die passen hier allen." Hannes holte ein Buch aus seiner Tasche, legte es auf den Tisch. „Und wessen Handschrift hier drin ist, der muss mit mir essen gehen."

„Es hat mich um den Nachtschlaf gebracht", sagte er und sah Larissa einen Moment zu lange an.

Wie eine große Familie

Gerstberg schnaufte die letzten Stufen zu seiner Wohnung hoch, leise vor sich hin brabbelnd. Und ein bisschen in der Hoffnung, Holsten würde seine schweren Schritte im Treppenhaus hören, die Tür öffnen und fragen: „Na? Was gibt's Neues im Haus?" Denn Gerstberg wusste was Neues. Das Frollein hat schon wieder männlichen Besuch. Sie zog erst vor zehn Monaten in den Altbau und Gerstberg glaubte damals schon zu spüren, wie viel mehr Abwechslung sein vorpensioniertes Dasein nun bekommen würde. Sie zog allein ein und das weckte sofort die Nachbarschaftshilfe bei Gerstberg und Holsten. Sie boten sich an, ihr beim Kistentragen zu helfen, ist doch so eine zierliche Gestalt, das Frollein. Aber sie hatte dankend abgelehnt. Mit diesem Lächeln. Das Holsten nur versuchte zu erwidern, wenn seine Elvira nicht zugegen war. Nur dann. Und Gerstberg fand das etwas lächerlich. Holsten war immerhin schon ganz nah ran an die 80. Und das Frollein gerade 30. Das hatte sie ihm verraten. Mit diesem Lächeln. Und Gerstberg konnte es sich erlauben, das Lächeln zu erwidern. Er hatte nämlich keine Elvira, der das missfallen könnte. Keine Elvira und auch sonst keine Frau. Und … er war erst knapp über 60. Aber ganz knapp. Er hatte bis zu dem Tag, an dem das Frollein ihm verriet, wie alt sie sei, nicht gewusst, dass er jünger aussah. Er hatte sich bis dahin gar keine Gedanken darüber gemacht, ob er überhaupt aussah. „Dreißig", hatte er leise zu ihr gesagt. „Dreißig, das ist ja so ein schönes Alter." Und dann zog er die Stirn ein wenig kraus, um zu überlegen, wie es bei ihm mit 30 gewesen ist. Später dachte er dann ernsthaft darüber nach. Wie es war mit 30. Aber er konnte sich einfach nicht daran erinnern. „Darf ich fragen, wie alt Sie sind?", hat das Frollein dann lächelnd gefragt, und er hatte geantwortet: „Ganz knapp über sechzig." Und dabei hatte er Daumen und Zeigefinger seiner rechten Hand fast zusammengeführt, so dass kaum noch Platz war. So knapp also. Und das Frollein hat auch die Stirn in Falten gezogen. Da das bei ihr nicht heißen konnte: Wie war das noch mal, damals mit knapp über 60?, ahnte er, wie erstaunt sie war. 60 und jünger aussehend. Zum ersten Mal dachte er darüber nach, ob jetzt die aufregende Zeit seines Lebens beginnen würde. Das war vor zehn Monaten. Als das Frollein einzog.

„Wir sind hier wie eine große Familie in diesem Haus", hatte er gesagt. Damit sie wisse, sie könne immer und jederzeit Hilfe bekommen. Von ihm. Zur Not auch von Holsten. Doch der hatte ja Elvira.

„Wir sind hier wie eine große Familie." Als der Kerl von schräg unter ihr das gleich nach ihrem Einzug sagte, ahnte sie Schlimmes. „Junges Frollein" nannte er sie, obwohl sie ihm sagte, sie heiße Judith. Judith Kramer. Frollein. Wie sich das anhörte. Judith hätte es gerade noch gefehlt, die Hilfe anzunehmen, die ihr Herr Gerstberg und Herr Holsten anboten. Zumal sie den Blick von Frau Holsten sah, der weitaus weniger helfend wirkte. Sie kannte das von ihren Eltern. „Wenn die Nachbarn erstmal wissen, wo deine Tassen stehen, hast du verloren, mein Kind." Der Satz ihres Vaters kam ihr sofort in Erinnerung und sie musste lächeln. Nein, keine großen Kontakte. „Guten Tag", „Hallo" und ein Lächeln – in Ordnung. Nicht weniger, aber auch nicht mehr. Der Holsten ließ sie ja in Ruhe – jedenfalls wenn seine Frau mit dabei war. Aber der Gerstberg, der konnte es einfach nicht beim „Guten Tag" belassen. Der musste immer noch etwas hinzufügen, wenigstens ein: „Na, wie geht's?" Und schon fühlte sie sich gefangen. Sie wollte freundlich sein. Er hatte ihr ja nichts getan. Und er konnte auch nichts dafür, dass sie hier allein einzog. Wer weiß, vielleicht würde sie eines Tages auch so einsam enden wie Herr Gerstberg. Denn dass er einsam war, das konnte Judith leicht erkennen. Stets brabbelte er vor sich hin, wenn er leicht schnaufend die Stufen hochstieg. „Hat was mit'm Herzen", sagte Holsten ungefragt irgendwann später. „Muss immer seine Tabletten nehmen." Das interessierte Judith nicht sonderlich, aber er tat ihr leid. Nur deshalb plauderte sie eines Tages im Treppenaufgang etwas mehr mit ihm. Verriet ihm, dass sie gerade dreißig geworden sei, und da guckte er so komisch, so als würde er sich nur zu gern an seine 30 erinnern. Wie toll er war. Und er ist tatsächlich erst 60. Oder „ganz knapp darüber", wie er versuchte zu scherzen. Sie wollte gar nicht wissen, wie knapp. Denn sie hätte ihn locker zehn Jahre älter geschätzt. Aber locker. Da sah ja der Holsten noch jünger aus. Judith hoffte, dass er ihr die Verwunderung über sein Alter nicht angesehen hat. Sie konnte ihre Mimik so schlecht kontrollieren. Das war die einzige kleine Unterhaltung, die sie ihm erlaubte und die sie sich leistete. Wenn er irgendeine Fangfrage nach ihrem „Guten

Tag" stellte, sprang sie schnell an ihm vorbei. Wenigstens das gelang ihr gut. Zack, war sie weg. So schnell kam er nicht hinterher. Selbst mit seinen Tabletten nicht.

An einem Montagmorgen schien die Sonne in das Zimmer von Herrn Gerstberg, kitzelte ihn an der Nase, er öffnete die Augen und hatte eine kurze Ahnung von Glück. Aus keinem anderen Grund hätte er es sich sonst erklären können, dass er wenig später mit dem Fahrrad in die Stadt fuhr und einen Strauß Blumen kaufte. Einfach so. Für das Frollein. Noch nie in seinem Leben hatte er einer Frau Blumen geschenkt. Es wurde Zeit. Er überlegte, ob er dem Frollein die Blumen einfach vor die Tür legen sollte, sie würde bestimmt wissen, von wem die nur sein können. Oder ob er vielleicht sogar klingeln sollte. Aber dann müsste er bis zum Nachmittag warten, und Gerstberg war jetzt schon sehr ungeduldig. Als er die Haustür aufschloss, wünschte er zum ersten Mal in seinem Leben, ihm möge niemand begegnen. Wie ein Dieb schlich er die Stufen hoch, dabei achtete er sorgsam darauf, die Blumen hinter seinem Rücken zu verstecken. Er kannte doch Holsten. Schon am Haustürzuschlagen erkannte der, wer da kam. Darin war Holsten ein Genie. Aus seinem Fernsehsessel heraus erkannte er am Halten der einzelnen Fahrzeuge, wer nach Hause gekommen war und wer welchen Besuch bekam. Er bemühte sich nicht mal mehr zum Fenster, um nachzusehen. Doch er schien Glück zu haben. „Für wen sind denn die Blumen?" Gerstberg zuckte zusammen und war froh, am Morgen seine Tabletten genommen zu haben. Sein Herz konnte diese Aufregung wirklich nicht mehr vertragen. Elvira Holsten stand hinter ihm – wie aus dem Nichts war sie erschienen, sagte, sie wäre im Keller gewesen. Gerstberg fuhr sich mit dem Ärmel über die schweißnasse Stirn. Er hatte nicht gewusst, dass Elvira Holsten so schleichen konnte. „Na?!", erinnerte sie an die von ihr gestellte Frage. „Für dich, Elvira." Gerstberg reichte ihr die Blumen. „Ach, das war doch nicht nötig." „Weiß ich", dachte Gerstberg, aber was sollte er denn anderes machen. Er fühlte sich ertappt. Die Haustür fiel ins Schloss, etwas gedämpft. Doch nicht etwa? Doch. Das Frollein. Im Minirock. Geschminkt war sie auch. Und sie lächelte. Gerstberg stand schwitzend neben der geblümten Elvira Holsten. „Hallo", sagte das Frollein und fügte erstaunt hinzu: „Oh, haben Sie heute Geburtstag?"

Elvira Holstens Mundwinkel erreichten ihre Ohren. „Nein, aber mein Nachbar hat mir Blumen geschenkt. Einfach so." „Kein Mensch schenkt einfach so Blumen", schmunzelte das Frollein und zwinkerte Gerstberg im Vorbeigehen zu. Der erstarrte. Als er mit den Augen von Elvira Holsten zum Frollein wechselte, hätte er am liebsten die Blumen wieder an sich gerissen und gesagt: „Da. Die sind für Sie."
Von Elviras: „Was sag ich nur zu Hause?", wurde er aus seinen Träumen gerissen. Gerstberg fand den Ausdruck „zu Hause" unmöglich. Immerhin befanden sie sich im Treppenhaus, drei Schritte von ihrer Wohnung entfernt. Mit „zu Hause" meinte Elvira Holsten ihren Mann. Diese Bezeichnung kam ihr schon lange nicht mehr über die Lippen. Das war ihm längst aufgefallen. Gerstberg zuckte mit den Schultern. Er hatte keine große Lust, ihr eine Erklärung zu liefern für Blumen, die eigentlich nicht für sie bestimmt waren. „Ist doch nicht schlimm, mal so'n paar Blumen zu schenken. Wir sind doch wie eine große Familie."

Ob die Nachbarschaft in anderen Häusern auch so merkwürdig war? Judith Kramer musste grinsen, als sie darüber nachdachte. Ihre Nachbarn hatten jedenfalls nichts weiter zu tun, als sich im Treppenhaus zu unterhalten. Fast könnte man meinen, sie würden dort wohnen. Aber so ganz ohne waren die älteren Leutchen auch nicht. War sie doch drauf zugekommen, wie der Gerstberg der Holsten Blumen schenkte. Im Treppenhaus. Standen da wie die Teenager. Sie mit Blumen in der Hand und er mit schweißnasser Stirn. „Ertappt", hatte Judith Kramer gedacht und vorsichtig danach gefragt, ob Elvira Holsten Geburtstag hätte. War ihr schon klar, dass es keine Geburtstagsblumen waren. Sonst hätte Gerstberg ja bei Holstens an der Tür geklingelt, wie man das so macht an Geburtstagen. Aber nein, heimlich im Hausflur. Und schön wieder jeder für sich in seine Wohnung. Hätte sie dem Gerstberg gar nicht zugetraut – so viel Romantik. Obwohl er ihr ziemlich dreist hinterhergeschaut hatte. Das sind die älteren Junggesellen. Aber immerhin weiß er, bei wem er die größeren Chancen hatte. Die bekam Blumen. Die größere Chance. Judith hätte nur zu gern gewusst, wie Elvira Holsten die Blumen ihrem Gatten erklärte. Ob sie sagte, sie hätte sie sich selbst gekauft? Aber andererseits waren sie doch alle wie eine große Familie. Bei dem Gedanken musste Judith Kramer lachen.

Ein paar Tage nach den missglückten Blumen stand das fremde Auto vor der Tür. Gerstberg hatte das nicht gleich bemerkt, weil er nur eine Einraumwohnung hatte und das Fenster nach hinten zum Hof zeigte. Die Aussicht war zwar schön, aber er musste sich immer auf Holsten verlassen, was vor der Haustür passierte. Wenn etwas passierte. War ja ein ruhiges Haus. „Mach mal die Tür auf", sagte Holsten eines Tages klopfend. „Die Kramer hat Besuch. Ein Mann." „Die Kramer", sagte Holsten, nicht etwa „Judith Kramer" oder so. Das hatte er wohl von Elvira übernommen. Die stand übrigens gleich hinter Holsten und nickte verschwörerisch. „Ein Mann mit solchen langen Haaren." Dabei legte Elvira die Hand auf die Schulter ihres Mannes. Gerstberg fuhr sich über die Platte. Vorn ging es noch, aber hinten konnte er nicht mehr so viel vorweisen. „War ja zu erwarten, dass sie nicht alleine bleibt. Ich seh so was sofort." „Was siehst du sofort", fuhr Holsten seine Frau an. „Wenn eine verrückt nach de Männer is." Gerstberg war froh, dass die verunglückte Sache mit den Blumen keine Wellen geschlagen hatte. Elvira Holsten kam nicht in Erklärungsnöte. Holsten hatte sie glatt übersehen. Die Blumen.

Ein paar Tage später sah Gerstberg das fremde Auto auch. Nur den Mann sah er nicht. Weil er bedauerlicherweise kein Fenster nach vorn raus hatte. „Hört man denn was?", wollte Gerstberg später von Holsten wissen und schämte sich fast für diese Frage. „Nee, nichts hört man. Obwohl Elvira sonst alles hört. Aber nichts. Ganz still. Verdammt gut isoliert das Haus." Von Holsten erfuhr Gerstberg auch, dass der Mann nicht über Nacht blieb. „Jedenfalls noch nicht", entfuhr es Holsten mit erhobenem Zeigefinger. Und dass es sich bei ihm um einen Arzt handeln musste. „Er kommt immer mit so einer großen Tasche", sagte Holsten und versuchte sich in Luftbeschreibungen. Eine Tasche, die seiner Meinung nach Notärzte benutzen. Auch das wusste Elvira Holsten sowieso schon viel früher. Dass die Kramer sich nicht mit jedem abgeben würde. Höchstens mit einem Arzt. „Vielleicht ist es ja nur ein guter Bekannter", versuchte Gerstberg die Situation zu entschärfen. Aber nein. Elvira Holsten hatte durch ihren Spion hindurch gesehen, wie der Arzt der Kramer an den Hintern fasste. Sie zeigte es Gerstberg, indem sie ihren Mann an beide Pobacken gleichzeitig griff. Dieser schreckte sichtlich zusammen und stolperte nach vorn. Stütze sich unsicher mit seinem

linken Arm auf der obersten Treppenstufe ab und kam dort zum Liegen.
Mit dem gleichen Arm stützte er sich mehrere Stunden später wieder ab. Um 23.25 Uhr ging er auf die Toilette und bemerkte draußen das Bewegungsmelderlicht. Der Arzt verließ das Haus. Holsten verrichtete sein Geschäft im Stehen, hatte daher nur die linke Hand frei. Mit dieser schob er die Gardine etwas zur Seite, musste sich dafür auf die Zehenspitzen stellen, verlor das Gleichgewicht und fiel nach links zur Seite. Stützte sich mit der linken Hand auf dem Badewannenrand ab. Es knackte unangenehm.
Währenddessen hörte er, wie der Arzt draußen die Autotür zuschlug und losfuhr. Hätte er nicht diesen Schmerz, hätte er gern gewusst, wohin er fuhr. Und da er wegen der Schmerzen sowieso nicht schlafen konnte, kam ihm plötzlich eine Idee. Plötzlich wusste er, wie er Judith Kramer samt Arzt in die große Familie des Hauses aufnehmen konnte, ja aufnehmen musste.

Judith Kramer hätte nur zu gern gewusst, wie die Nachbarn vor ihrem Einzug den ganzen Tag verbrachten oder besser, womit. Als sie Ludwig zum ersten Mal mit in ihre Wohnung nahm, hatte sie das Gefühl, sie würden alle mit den Ohren an den Wänden hängen. Oder mit den Augen vor den Spionen. Schloss sie die Wohnungstür, ging kurz darauf irgendwo eine Tür auf, wenigstens einen Spalt. Und komische Fragen stellten sie auch. Ob es ihr gutginge, wollte der Holsten wissen, und der Gerstberg meinte, sie würde jetzt auf einmal so gesund aussehen. Judith hatte keine Ahnung, was die eigentlich von ihr wollten. Aber der Holsten war verletzt, trug den linken Arm bandagiert. „Ein Missgeschick", sagte er zu Judith, obwohl sie gar nicht gefragt hatte. Sie wünschte ihm lediglich einen „Guten Morgen". Hatte wohl einen winzigen Augenblick zu lange auf den verletzten Arm geschaut. Sie fragte sich leise, ob er sich vielleicht mit dem Gerstberg geprügelt hätte, wegen der Blumen, aber sonst sah Holsten recht unversehrt aus. Ein Missgeschick also, aha. Und Judith würde sich hüten, näher nachzufragen. Hat sich sowieso gewundert, dass er nicht gleich ausholte und sein Missgeschick detailgetreu erzählte. Nein, er schaute nach unten. Als würde er sich schämen. „Hätte einen Arzt gebraucht in der Nacht, als es passierte", hat er ihr gesagt.

Und wenn sie sich nicht zu sehr irrte, lag da ein Vorwurf in seinem Blick. Judith sah ihn an und überlegte, ob der Holsten jetzt Strom sparen wollte und deshalb im Dunkeln durch die Wohnung tappte. Wie kann man sich denn mitten in der Nacht den Arm verletzen? „Aber es gibt doch immer Bereitschaftsärzte", versuchte Judith zu erinnern. „Ja, aber manchmal kann man sich ja auch untereinander helfen", sagte Holsten darauf. Judith überlegte, ob er neben seiner Armverletzung auch etwaige Kopfverletzungen davongetragen hatte, aber auch da war nichts zu erkennen. Jedenfalls bildlich nicht.

„Das Frollein hat wieder männlichen Besuch", schnaufte Gerstberg die Stufen zu seiner Wohnung hoch. Als bei Holstens alles ruhig blieb, klingelte er. Klopfte. Nichts. Eine Stunde später meldete sich Holsten bei ihm. Mit bandagiertem Arm. „Ein Missgeschick", beteuerte er und wurde etwas rot. „Gestern Abend passiert." „Warum hast du denn nicht beim Frollein geklingelt. Der Arzt war doch da." Holsten winkte mit der unbandagierten Hand ab. „Ist weggefahren. Halb elf. Heute morgen um 8 war er wieder da. Bestimmt Notdienst gehabt."
„Das wäre die Chance gewesen. So hätten wir ihn kennen gelernt. Sie hätte ihn uns vorstellen müssen. Und ihr Verhältnis zueinander auch." Gerstberg war enttäuscht. Holsten lächelte. Gerstberg schaute genauer hin. Er grinste nicht, nein, Holsten lächelte. „Ich hab da so eine Idee." Nun ist es nicht so, dass Holsten seinem Nachbarn Ideenreichtum nachsagen würde, deswegen war er neugierig. Wenige Stunden später löffelte Gerstberg Elviras Gemüsesuppe. Sie hatten ihn eingeladen. Danach bekam er einen trockenen Rotwein, keinen süßen, wie sonst, nein, einen richtig guten. Und dann rückte Holsten mit seiner Idee raus. „Sag mal, du willst doch auch, dass die Kramer uns den Arzt vorstellt." „Ja, klar", sagte Gerstberg. „Nichts lieber als das." „Sie soll sich doch wohlfühlen hier bei uns", fuhr Holsten fort und bot Gerstberg eine seiner teuren Zigarren an. „Sag mal, was soll denn das?!" Gerstberg wurde es fast ein wenig unbehaglich. So eine Bewirtung gab es nur zu Silvester. Höchstens noch an den Geburtstagen. „Wenn du einfach deine Tabletten nicht mehr nimmst."
Elvira schaute ihren Mann entsetzt an. Bevor sie jedoch etwas sagen konn-

te, machte Holsten eine abwehrende Handbewegung. „Wartet bitte, bis ich ausgeredet habe." Er zündete Gerstberg die Zigarre an und fuhr fort. „Wir warten ab, bis der Arzt wieder hier ist, und wir schauen genau, ob er die große Tasche dabei hat. Kein Risiko also." „Ich bekomme aber schwere Herzrhythmusstörungen, wenn ich die Tabletten nicht nehme."

„Sollst du ja auch."

Gerstberg schnappte nach Luft.

„Bekommst du die denn sofort?", wollte Holsten wissen. „Nein, erst nach einigen Stunden und nur nach zuviel Aufregung."

„Fantastisch", freute sich Holsten.

„Das ist doch viel zu riskant. Sag mal, das ist die blödeste Idee, die du jemals hattest." Elvira Holsten war entsetzt und goss sich Rotwein nach. Gerstberg wusste nicht, ob es ihm genügte, die Idee nur blöd zu finden. Er fand sie fast mörderisch. Der Gedanke an seine schweren Herzrhythmusstörungen löste bei ihm leichte Herzrhythmusstörungen aus. Außerdem wollte er, wenn er ganz ehrlich war, gar nicht so unbedingt den Arzt kennen lernen. Das Frollein schon, ja. Aber er hing viel zu sehr an seinem Leben, als dass er es opfern würde. Gerstberg war sich nicht mehr sicher, ob es Holsten wirklich darum ging, ihn dann zu retten. Er sah in ihm immer mehr den Rivalen. Vielleicht wollte er nur die Bahn frei haben für das Frollein.

„Lass mich das lieber machen." Gerstberg und Holsten schauten zu Elvira. „Ich kann doch Kopfschmerzen vortäuschen". „Mensch bei Kopfschmerzen ruft man doch nicht den Arzt, das ist doch albern. Und mit'm Herzen haste nichts, da fällste also aus."

„Wenn du zu viel von deinen Tabletten nimmst, was ist dann mit dir?", fuhr Holsten, ohne Luft zu holen, fort.

„Nichts. Das ist nicht bedenklich für mich. Nur für gesunde Menschen. Für die kann das gefährlich werden."

„Warum soll er denn jetzt zu viel Tabletten nehmen?!" Elvira Holsten weigerte sich, etwas anderes zu sein als entsetzt.

„Soll er doch nicht, wenn es ihm nichts macht." Holsten klopfte Gerstberg beschwichtigend auf die Schulter. Und goss sich vom Rotwein ein. Und rauchte seine zweite Zigarre. „Möchtest du auch noch? Er hielt Gerstberg die Flasche vors Gesicht. „Ach nein, stimmt ja, du hast es ja am Herzen. Hahaha", lachte er dunkel und glühte vor Enthusiasmus. Nur Elvira Holsten und Gerstberg weigerten sich, eine andere Gesichtsfarbe anzunehmen. Beide blickten ernst und blass ins Wohnzimmer.

Judith Kramer umarmte Elvira Holsten lange. Auch beim Kaffeetrinken blieb sie länger als geplant. So was aber auch. Auf jeden Fall wollte sie heute unbedingt früher ins Bett. Sie hatte seit fünf Nächten kaum ein Auge zugetan. Als es neulich Nacht plötzlich klingelte, wusste sie nicht, ob dieses Klingeln zu ihrem Traum gehörte. Sie schaltete die Nachttischlampe an und schaute auf den Wecker. 2.30 Uhr. Es klingelte erneut. Nun wachte auch Ludwig auf. Beide sahen sich irritiert und vor allem verschlafen an, als es plötzlich an ihrer Wohnungstür hämmerte. Im Gegensatz zu ihren Nachbarn hatte Judith keinen Spion, durch den sie sicherheitshalber schauen konnte. Fast bereute sie es.

„Machen Sie auf – schnell. Bitte!" Das war eindeutig die Stimme von Elvira Holsten. Judith schaffte es gerade noch, sich den Bademantel überzuziehen, öffnete dann vorsichtig die Tür und hatte sofort Elvira Holsten am Hals. Die japste nach Luft, versuchte wild gestikulierend die Sachlage zu erklären, wobei Judith nur verstand: „Nicht gut, ganz blass, ganz blau."

„Ist Ihr Freund da?" Judith verstand nicht recht. „Ihr Freund, ist der da?" Ludwig kam leicht orientierungslos in den Flur. Elvira Holsten zeigte mit ausgestrecktem Finger auf Ludwig. „Schnell!" Als keiner sich so richtig bewegen wollte, schob Elvira Holsten Judith Kramer zur Seite, während ihr Blick durch den Flur irrte und schließlich an der großen Tasche hängen blieb. Sie schnappte sich die Tasche, bevor Ludwig „Halt!" rufen konnte und lief die Treppen hinunter. Judith Kramer und ihr Freund folgten augenblicklich und fanden sich im Wohnzimmer der Holstens wieder.

„Da liegt er", zeigte Elvira Holsten auf den Teppich, öffnete beim Reden den Koffer, winkte Ludwig zu sich, der entgeistert von einem zum anderen sah und mit Entsetzen verfolgte, wie sich die fremde Frau an seiner Tasche zu schaffen machte. Elvira Holsten riss die Tasche auf und blickte einen Moment entsetzt auf den Inhalt: Hätte sie eine Ahnung gehabt, würde sie erkennen, dass dort in dem Koffer eine Canon

EOS 5 D mit einem Canon Zoom Lens F-Objektiv lag.

„Ja, haben Sie denn noch gar keinen Arzt gerufen?", fragte Judith entsetzt, blickte sich suchend nach einem Telefon um, um die 112 zu wählen.

„Fotograf. Er ist ein Fotograf.", sagte Elvira Holsten zu ihrem Mann. Doch der konnte sie schon nicht mehr hören.

Und weil er am Fenster stand und ihnen fast die ganze Zeit den Rücken zudrehte und weil sowieso kaum einer Notiz von ihm zu nehmen schien, sah keiner, wie Gerstberg sich eine Tablette aus der Tasche fingerte und fast genüsslich einnahm. Es sah auch niemand, wie er dabei lächelte. Nicht grinste, nein. Er lächelte.

Altweibersommer

„Herzlichen Glückwunsch zum Geburtstag."
Ich drehte mich erschrocken um.
„Nachträglich", grinste mir Viktoria ins Gesicht.
„Hallo", sagte ich und kam mir gleich albern vor, weil wir ja nicht miteinander telefonierten.
„Wie fühlst du dich denn so mit 40?", wollte die 33-jährige Viktoria wissen. Ich wischte mir ein paar Spinnweben aus dem Gesicht, die schon die ganze Zeit in der Luft hingen.
„Ja, lästig dieser Altweibersommer", meinte Victoria zu ahnen. „Hört sich aber immer noch besser an als Frühherbst."
„Ist ja auch noch gar kein richtiger Herbst", verteidigte ich den Sommer und wusste nicht genau, ob wir noch von Jahreszeiten redeten.
„Wie geht's dir denn so?" lenkte ich schnell ab. Seitenwechsel.
„Na ja", sie senkte den Kopf. „Man schlägt sich so durch."
Ich stellte mir augenblicklich vor, wie Viktoria sich durchschlug. Mit Machete durch die Stadt. „Ich weiß ja nicht, ob du schon gehört hast, aber…" Aber ja, ich hatte schon gehört. Wir waren doch hier in einer Kleinstadt. Da hat man schon gehört.
„Ich weiß, ihr habt euch getrennt, Peter und du", sagte ich betont lässig.
„Ich fühle mich furchtbar, ich komme damit gar nicht zurecht." Viktorias Mundwinkel wechselten die Etagen. „Ach, das wird schon", kam von mir, der klugen Frau. So was sagt man, wenn man nicht zu trösten weiß. Doch ich hatte keine Lust auf eine unglücklich Verliebte. Man sollte sich vor diesen Menschen in Acht nehmen. Sie können nie für sich allein unglücklich sein. Müssen alle da mit hineinziehen. Es gelingt ihnen kaum, von etwas anderem zu reden.
„Weißt du, was das Schlimmste ist?" Viktorias Stimme wurde leiser, die Augen bauten eine gewisse Spannung auf, die man sonst nur aus Krimis kennt, bevor der Mörder schießt, ihr Mund kam näher an mein Ohr. „Er hat 'ne Neue."
Ich öffnete den Mund.
„Siehst du", Viktoria hob den Zeigefinger. „Genauso habe ich auch geguckt."
„Du wirst dich daran gewöhnen", versuchte ich einzulenken, aber an

Viktoras Gesicht sah ich, dass sie das gar nicht vorhatte.
„Peter hat zu mir gesagt, er brauche eine Weile, um alles zu verarbeiten. Und er würde nie wieder mit einer Frau zusammenziehen."
Ich wusste nicht, in welcher Vorstellung Viktoria lebte. Natürlich sagt man so was, wenn man jemanden verlässt. Das gehört zum guten Ton. Nur, dass es auch geglaubt wird, war mir neu. Viktoria war noch in der Lebensetage, in der die Worte auf die Waagschale gelegt werden, dann in Frischhaltefolie verpackt und ab damit in die Gefriertruhe. Bei passender Gelegenheit auftauen und nachsehen, ob noch alles wahr ist.
„Du kannst dir nicht vorstellen, wie sehr ich leide", in ihren Augen sammelten sich Tränen und ich dachte: „Es ist ja unverkennbar."
Sie wischte mit dem Ärmel über ihr Gesicht. Nun war sie es, die mit dem Altweibersommer zu tun hatte. „Ich werde um ihn kämpfen", sagte sie entschlossen. Wieder sah ich sie mit Machete.
„Du siehst so glücklich aus", stellte sie plötzlich fest und ich erschrak. „Das liegt wahrscheinlich daran, dass man mit 40 gelassener sein kann, da ist sowieso alles egal, oder?"
Ich überlegte. Viktoria schaute auf ihre Uhr und ich dachte, dass dies eine gute Gelegenheit sein könnte. Zum Spurt. „Du, es tut mir leid, aber ich muss." Sie nickte verständnisvoll. „Arbeitest du denn heute gar nicht?"
„Nein ich habe beschlossen, meinen Altweibersommer zu genießen", lächelte ich. „Du hast es gut", verabschiedete sich Viktoria. Ja, das fand ich auch. Aber nun musste ich schnell zum Bäcker. Und dann nach Hause. Peter würde schon warten.

Déjà vu

Ich sah ihn am Dachbalken meines Trockenbodens hängen, die Zunge hing ihm aus dem Mund, die Augen waren weit aufgerissen, und ich konnte nichts anderes denken, als dass nun die Leinen für meine Wäsche nicht ausreichen würden. Zwei Maschinen passten auf die Leinen, gut, manchmal, wenn es etwas mehr war, benutzte ich einfach eine Leine der alten Bäsicke mit, sie wusch höchstens einmal in der Woche. Überhaupt waren wir die einzigen Bewohner, die den Boden benutzten. Keine Ahnung, wo die anderen Mieter an trüben Tagen ihre Wäsche trockneten, es war mir auch egal. Zwei Maschinen befanden sich in meinem Wäschekorb und die Leinen würden nun – da er am Dachbalken zwischen Leine drei und vier hing - nicht ausreichen. Meine Beine zitterten, und bevor ich den Korb fallen ließ, hatte ich die Bodentür geschlossen. Von außen. Ich ging hinunter in meine Wohnung und hängte die Wäsche auf den Balkon. Als ich fertig war, fing es an zu regnen. Ich zitterte noch immer. Was sollte ich jetzt tun? Die erste vernünftige Frage nach ungefähr 45 Minuten. Auf meinem Boden hing Georg Beerenhain und ich hörte schon die Frage der Beamten: „Wann haben Sie ihn zum letzten Mal lebend gesehen?" Ich überlegte. Vor genau zwei Wochen. Auf der Sommerparty des Verlages. Da habe ich ihn zum ersten Mal gesehen. Und gleichzeitig zum letzten Mal. Was ich im Normalfall nicht schlimm gefunden hätte. Wenn er nicht auf meinem Dachboden hängen würde. Welche Telefonnummer wählt man in solchem Fall? Die 110? Oder die 112? „In welchem Verhältnis standen Sie zu Herrn Beerenhain?" Auch diese Frage werden sie stellen. Was würde ich sagen? „Ach, wir kannten uns nicht weiter. Wir haben uns an diesem besagten Abend nicht mal sonderlich lange oder etwa gut unterhalten. Wir hatten nur Sex – nichts weiter." Ein One-Night-Stand, ein Techtelmechtel, wie auch immer man das bezeichnen mag. Ich wusste genau genommen nichts über ihn und sein Leben. Nur, dass er höllisch gut im Bett ist. Oder auf dem Küchentisch, wenn ich ganz genau sein soll. Ich weiß weder, was er gern isst, noch, welche Urlaubsländer er bevorzugt. Ich weiß nicht einmal, ob er nachts schnarcht, weil ich gegangen bin, bevor es dazu kommen konnte. Ich weiß auch nicht, in welcher Abteilung er arbeitet. Der Verlag ist groß, wir haben 17 Außenstellen. Und seinen Namen habe ich

von der Eingangstür abgelesen. Georg Beerenhain. Sonst müsste ich, wenn ich die 110 wähle, sagen: „Auf meinem Boden hängt ein Mann, dessen Namen ich nicht kenne." Oder wähle ich die 112? Hört es sich besser an, wenn ich sage: „Auf meinem Boden hängt Georg Beerenhain?" Wenn sie fragen, wer ist Georg Beerenhain? Was antworte ich darauf? Weiß ich nicht so ganz genau?
Ich schaute auf die Uhr. Es waren drei Stunden vergangen. Es regnete in Strömen. Und ich hatte niemanden angerufen. Nach einer weiteren Stunde war mir klar, dass ich auch niemanden anrufen würde. Sollte ihn doch ein anderer finden. Warum ich? War ich nicht genug gestraft, dass er mich seit jener Nacht ständig anrief. Obwohl ich ihm sagte, dass ich keine Beziehung wolle, sondern lediglich Sex? Er hat doch behauptet, das würde gut passen, auch er sei der geborene Single. Doch er rief an. Immer und immer wieder. Bis gestern Abend. Das sollte ich mir übrigens merken. Dass er um 23.30 Uhr noch gelebt haben musste. Denn da haben wir miteinander gesprochen. Meine Freundlichkeit hatte sich schon schlafen gelegt, ich wollte ihr folgen, aber leider wollte Georg Beerenhain reden. Fast tat es mir leid, dass ich nicht netter zu ihm war. Ich überlegte, ob irgendjemand mitbekommen haben könnte, dass ich mit ihm abgedampft bin – in jener Nacht. Könnte ich nicht sogar durchkommen mit: „Wer soll auf meinem Boden hängen? Georg Beerenhain? Kenne ich nicht. Nie gehört den Namen."
Aber ich hatte Birte davon erzählt. Birte war meine Kollegin und Freundin, aber leider in dieser Reihenfolge, deswegen weiß ich nicht so sehr genau, ob sie im Ernstfall zu mir halten wird.
Ich schlief in dieser Nacht fast gar nicht. Kein Wunder, wenn über mir, nur getrennt durch die Decke, Georg Beerenhain hängt. Hätte ich bei meiner Mutter übernachten sollen? Wäre das Fluchtgefahr und ich eine Verdächtige? Obwohl … wieso eigentlich Verdächtige? Ich hab doch damit nichts zu tun. Ich hab ihn doch nicht aufgehängt. Huch, da ist er mir wohl in den Wäschekorb gefallen und ich hab ihn an den Dachbalken gehängt. Wovor hatte ich also Angst? Um meinen Ruf? Wohl kaum. Je tiefer die Nacht in meine Gedanken drang, desto wütender wurde ich. Auf ihn, weil er sich ausgerechnet auf meinen Dachboden hängen musste. Hatte er keinen eigenen?
Auf mich, weil ich mich auf ihn eingelassen hatte – diese eine Nacht.

Er war so ein sensationeller Liebhaber, dass er ohne Mühe eine neue Frau gefunden hätte. Oder war ich etwa so toll, dass man ohne mich nicht leben kann? Ich fühlte leichten Stolz und schämte mich sofort. Ja, es war toll auf seinem Küchentisch.

Und dann ganz früh am Morgen hörte ich plötzlich dieses Geräusch…und schreckte hoch. Frau Bäsickes Woche war um. Sie wusch Wäsche, was ihre alte Waschmaschine verriet. Das heißt, sie würde ungefähr in einer Stunde auf den Boden gehen und die gleiche Entdeckung machen wie ich gestern. Ich stand auf, zog mich an, kochte mir Kaffee und überlegte. Was sollte ich tun? Wie stark war ihr Herz? Und ihre Nerven? Sie war 75, sie war sogar nett, was man von mir nicht behaupten kann, wenn ich sie auf den Boden lasse. Ich hörte nichts mehr. Das hieß… genau. Sie war dabei, ihre Wäsche zu sortieren. Kenne ich alles. Hab ich gestern auch gemacht. Und nun hängt meine Wäsche auf dem Balkon und weint.

Ich höre, dass sie die Tür schließt und langsam Stufe für Stufe bezwingt. Sie pfeift leise vor sich hin, das finde ich cool, wahrscheinlich mochte ich sie deswegen ganz gern. Sie ging an meiner Tür vorbei, ich schaute durch den Spion, mein Herz raste unkontrolliert, als wolle es ihr folgen, sie überholen und daran hindern, die Tür zu öffnen. „Nein!!", hörte ich mich rufen. „Nein, nicht!!" In zwei, drei großen Schritten war ich ihr gefolgt, sie hatte die Tür bereits einen Spalt geöffnet, ließ sie nun los. In der einen Hand hielt sie den Wäschekorb, mit der anderen griff sie sich ans Herz. „Mensch, Kindchen, haben Sie mich erschreckt." Das ist ja noch gar nichts, dachte ich und sagte: „Bitte gehen Sie nicht weiter. Bitte nicht, Sie dürfen Ihre Wäsche dort nicht trocknen."

„Aber es regnet draußen", stellte sie verwundert fest und ging weiter. Ging weiter durch die offene Tür, ging nach rechts und…sagte nichts. Pfiff leise vor sich hin. Frau Bäsicke pfiff. Ich schlich ihr nach, schaute vorsichtig um die Ecke. Da war nichts. Ich schnappte nach Luft. „Mädel, Sie machen mir etwas Angst", sagte Frau Bäsicke und ich brachte nur ein: „Ja, ich mir auch, ich mach mir auch Angst", hervor. Was sollte ich nun tun? Die Polizei anrufen? Oder die Feuerwehr? Der Erhängte ist weg? Meine Beine zitterten genauso wie gestern. Ich schlich hinunter in meine Wohnung und lehnte mich an die Tür. Da kam mir eine Idee. Ich nahm den Autoschlüssel und fuhr in die Lieselotte-Herrmann-Straße 27. Der Altbau stand noch genauso unschuldig da wie vor zwei Wochen. Aus der Tür Nr. 27 kam eine junge

Frau und ich nutzte die Gelegenheit reinzukommen. Oder ob ich lieber unten klingelte? Obwohl: Wer sollte mir hier denn die Tür aufmachen, bitte schön. Gut, Georg Beerenhain hing nicht mehr auf meinem Dachboden, aber auch wenn ich nicht seinen Puls gefühlt habe gestern Vormittag, er war eindeutig tot. Wenn es eine Steigerung von tot geben würde, dann wäre sie jetzt passend. Ich stand vor der Tür und dann drückte ich auf den Klingelknopf. Mein Herz raste. In meinem Kopf rauschte es. Da hörte ich Schritte. Nee, oder? Die Tür ging auf. „Ja, bitte?" Ein Mann um die 50 schaute mich an. „Ich möchte zu Georg Beerenhain", sagte ich und war erleichtert, dass die Verwandtschaft schon von seinem Freitod erfahren haben musste. „Ich bin Georg Beerenhain", lächelte er und ich sagte: „Nein". „Was nein?!" „Sie sind es nicht." „Soll ich Ihnen meine Geburtsurkunde zeigen, junge Frau?" Ich schaute vorsichtig an ihm vorbei. Seine Wohnung. Es war eindeutig die Wohnung, in der ich vor zwei Wochen dem Küchentisch eine andere Bestimmung zukommen ließ. Ich schaute auf das Klingelschild. Ich hatte mich nicht geirrt. Wir schauten uns an. Er etwas fragend, ich entsetzt. „Ich bin wohl nicht der Richtige, was?", fragte er recht freundlich und ich sagte: „Nein." „Das tut mir leid." „Mir auch", sagte ich und dann hörte ich die Musik. „Wie du wieder aussiehst, Löcher in der Hose und ständig dieser Lärm." „Sie hören die Ärzte?", fragte ich noch und er schaute mich verwundert an. Er wurde blass und blasser und die Ärzte laut und lauter. Ich erwachte auf meinem Sofa. Natürlich. Die Musik kam aus meinem Handy. Ich hatte den Wecker meines Handys gestellt. Ich wollte nur eine Stunde schlafen, obwohl ich weiß, dass dies verheerende Albträume bei mir auslöst. Immer. Ich brauchte eine Weile, bis ich mich gesammelt hatte. Meine Güte, was für ein Traum. Und ich schwor mir: „Nie wieder einen One-Night-Stand." Dies war ein Zeichen.

Als es an der Tür klingelte, sah ich vorsichtshalber durch den Spion. Ach, die alte Bäsicke. Wenn ich ihr nun erzählen würde, was ich da gerade geträumt hatte. Ich musste grinsen. Würde sie für mich ein bisschen pfeifen? Das konnte sie wirklich gut. Doch sie sah nicht danach aus, als wäre ihr zum Pfeifen zumute. Vor ihr lag der Wäschekorb. Umgekippt. Ein Teil der Wäsche lag auf der Treppe.

„Mädchen", sagte sie mit zittriger Stimme. „Mädchen, rufen Sie sofort jemanden an. Ich weiß nicht, die 110 oder die 112. Auf unserem Boden hängt einer."

Finale

„Ich liebe dich", sagte er, als er sich auf mich fallen ließ. Ja, so kann man es sagen. Fallen ließ. Und was das Schlimme daran war; er blieb so liegen. Auf mir. Und hielt seinen Mund nicht. Er schaute mich an und stellte fest, wie wunderbar ich sei. „Aber du kennst mich doch gar nicht", verteidigte ich die Situation, die nicht mir gehören sollte. Er lächelte. Wahrscheinlich war ich nicht die erste Frau, die er einfach so mitnahm. Aus purer Lust. Und nun, da die Lust sich vergnügt hatte, muss ja was gesagt werden. Langsam kam er zu sich. Wenn er nun auch noch aufstehen oder wenigstens von mir runterrollen würde, dann wäre das eine enorme Erleichterung.

Mir ging es nicht gut. Gar nicht gut, aber das war zu erwarten. Dieses Gefühl kannte ich bereits, das war auch nicht mein erstes Mal, dass ich mit jemandem mitging. Aber ich musste egoistisch sein. Um mein Herz zu retten oder das, was davon übrig war. Und dieser Einstieg gehörte dazu. Sonst gibt es kein Finale.

Wie alt war ich jetzt? Zu alt wahrscheinlich, aber egal. Ich hab mich gut gehalten. Und der hier, der war erheblich jünger. Ich konnte noch gut mit meinem Alter schummeln. Bis jetzt hat es noch niemand in Frage gestellt.

Endlich stand er auf. Endlich, endlich. Holte die Zigaretten und …ja, das war gut. Er holte den Whisky. „Hast du auch Orangensaft?" Ich wartete mit Absicht mit meiner Frage, bis er es sich bereits im Bett gemütlich gemacht hatte. Zum Glück neben mir. „Ja", sagte er und deutete an, aufstehen zu wollen. Doch ich kam ihm zuvor. Da staunte er. Wie flink ich war. Bevor er geradeaus gucken konnte, war ich schon auf den Beinen. „Kannst du fliegen?", fragte er erstaunt und ich sagte: „Ja, auch das. Auch fliegen kann ich."

„In der Küche. Im Kühlschrank." Er zeigte in die Richtung, in die ich gehen sollte. Ich nahm unsere Whiskygläser mit. „Ich trinke ihn pur", protestierte er. „Aber nein. So wie ich den Saft mit dem Whisky mische. Was denkst du? Das hast du noch nie erlebt." Er lächelte. „Du bist wirklich unglaublich." „Ich weiß."

Das wusste ich wirklich. Ja, ich war unglaublich.

Ich füllte den Saft auf den Whisky und ließ die Tropfen dazwischen ins

Glas laufen. Endlich. Strahlend reichte ich ihm sein Glas und prostete ihm zu. „Was machst du eigentlich beruflich?", war das Letzte, was ich von ihm hörte. Dann fielen ihm die Augen zu.

„Ich glaube, das möchtest du gar nicht wissen", antwortete ich und das war wohl das Letzte, was er von mir zu hören bekam. Jetzt, da er so lag, so ruhig und entspannt und langsam aus- und einatmete, sah er fast schön aus. Er war wirklich noch sehr jung. Endlich. Ich schaute auf die Uhr. Ich hatte Zeit. Ich konnte die Nacht genießen. Sie gehörte mir. Ich legte mich auf ihn und spürte seinen warmen Körper, ahnte, wie das Blut durch seine Adern rauschte. Es war ein Gefühl, das an zu Hause erinnerte. Ich streichelte sein Gesicht, berührte seine Augenlider, seinen Mund, seinen Hals, der straff und schön war wie alles an ihm. Ich lag auf ihm und dort, wo ich noch vor wenigen Stunden seine Erektion spürte, spürte und fühlte, war es jetzt ruhig. Ruhig und flach. Und ich erinnerte mich, wie stolz er darauf war, mir zeigen zu können, wie potent er war. Er konnte nicht wissen, dass es mich so gar nicht interessierte, wie potent er war. Aber das jetzt gerade, das interessierte mich. Wie er fast bewegungslos auf dem Bett lag. Mit geschlossenen Augen. Nur sein Atem verriet, dass er noch von dieser Welt war. Von und auf dieser Welt. Ich tastete mich mit meinen Fingern ganz vorsichtig an seinem Körper entlang, dann liebkoste ich mit meinen Lippen seinen Hals, suchte mit meiner Zunge das Pulsieren der Halsschlagader. Ich fühlte, wie ich erregt wurde. Mein Atem ging schnell. Ich holte tief Luft, bevor ich zubiss.

Herbst

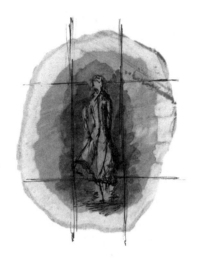

Ich war
immer eins mit mir.
Vielleicht
einsam im Gespräch
und ohne Antwort
des Nachts.
Doch war ich
immer eins mit mir
und ohne Angst
vor der Vergänglichkeit.

Dann warst du da.
Dein Kuss hat mich geteilt.

Der Anfang von Etwas

Sie saß mir gegenüber und ihr Ring schnitt sich ins Fleisch ihres linken Mittelfingers. Die Beine hatte sie übereinander geschlagen und wippte unruhig mit dem rechten Fuß. Ihre Brille war ein Stück hinuntergerutscht und auf der Stirn sah ich Schweißperlen. Ihr Blick versuchte, meinen Verstand zu erreichen.
Ich wünschte, sie hätten bei mir Autismus diagnostiziert. Dann könnte ich genau so, wie ich jetzt saß, sitzen bleiben, ohne antworten zu müssen. Doch stattdessen hatten sie beschlossen, mir schwere Depressionen anzuhängen.
„Erzähl mir doch bitte, was dich bedrückt." Ich schrak zusammen. „Du weißt, du kannst dich mir anvertrauen."
Die Schweißperle lief ihr an der Schläfe hinunter und ich verfolgte das Schauspiel ein bisschen, bis sie es mit der Hand hastig zerstörte.
Was sollte ich ihr denn sagen? Dass ich mit niemandem reden würde, der nervös mit dem Fuß wippte, während ich still saß? Dass ich mich niemandem anvertrauen könne, der dunklere Augenringe hatte als ich? Obwohl sie es geschickt anstellte. Wahrscheinlich lernte man das während des Psychologiestudiums gleich im ersten Semester.
Schön nett zu den Patienten sein und sie schön duzen. So wird gleich ein Vertrauensverhältnis hergestellt.
„Wann fing es an?"
„Wann fing was an!"
„Deine Probleme. Wann fingen deine Probleme an?"
Meine Probleme fingen gar nicht an. Ich hatte keine. Die anderen hatten welche. Mit mir. Also müsste sie doch fragen: Wann fingen die anderen an, Probleme mit dir zu haben? Dann müssten eigentlich die anderen hier sitzen und sich therapieren lassen.
Anfangs dachten alle, ich sei verliebt. Weil ich so fahrig war und so durcheinander. Ja, ich war verliebt. Doch anstelle der Schmetterlinge im Bauch, hat man mir Steine hineingelegt. Und mein Bauch war so voll mit Steinen, dass ich es einfach nicht schaffte, Essen hineinzukriegen. Da fingen sie alle an, sich Sorgen zu machen. Bloß weil ich die Grüne-Bohnen-Suppe nach dem Mittagessen wieder ausgespuckt habe. Unverdaut. Man konnte die einzelnen Bohnen zum Teil sogar noch erkennen.

Dann, ja dann bin ich gestorben. Still und heimlich, ohne dass es jemandem auffiel. Doch das konnte ich der Dame, die inzwischen aufgehört hatte, mit dem Fuß zu wippen, nicht erzählen. Denn ich war in der Zwischenzeit zu einem Ernstfall geworden. Mit einem roten Band an der Krankenakte.

Seit sechs Monaten war ich hier. Und alles nur, weil ich eine ehemalige Schulfreundin von ihrer Schwester grüßte.

„Schönen Gruß von deiner Schwester", rief ich ihr über die Straße hinweg zu und sie wurde blass. Abends hat ihre Mutter meine Mutter angerufen und meine Mutter rief dann sofort den Notarzt. Unter Tränen hat sie dem Arzt gesagt, dass sie schon lange merke, dass mit mir etwas nicht stimme, doch dass es so ernst sei…

Die Schwester, von der ich meine ehemalige Schulfreundin grüßte, war schon seit zehn Jahren tot. Sie hatte sich damals während eines Schulausflugs im Heuhotel erhängt. „Bleib ganz ruhig und atme schön tief durch, mein Kleines", sagte meine Mutter zu mir, während sie hektisch die Luft einsog. Wie durch einen Strohhalm. Wie sollte ich ihr denn bloß erklären, dass ich tot war? Ich war sichtbar, ja. Das machte alles so kompliziert. Aber ich war ohne Leben.

So kam ich also in diese Klinik. Und zuerst ging es mir hier richtig gut. Sie gaben mir Spritzen, von denen fühlte ich mich leicht. So gut ging es mir sonst nur, wenn ich Sherry trank. Alles war bunt. Und sogar im Winter war der Park grün. Auf dem Teich schwammen das ganze Jahr über Enten. Möwen ließen sich manchmal auf meiner Fensterbank nieder und redeten mir gut zu. Und des Nachts kamen blaue Elfen vorbei. Fast war ich glücklich. Wenn nur diese Sitzungen nicht wären. Dann saßen wir im Kreis und alle erzählten von ihren Problemen. Immer wieder. Und immer dasselbe. Ich hörte stets höflich zu, obwohl es mich vor Langeweile fast würgte. Und zum Schluss umarmten sich alle. Das fand ich am schlimmsten. Ich wollte nie reden. Doch sie meinten, ich wäre ein Teil des Kreises und müsse meine Probleme mit ihnen teilen.

Da hab ich dann geredet. Ein Mal. Ich habe ihnen erzählt, dass ich tot bin. Nur noch sichtbar. Nichts weiter. Kein Gefühl, nichts. Da war es erst still, dann fingen welche an zu lachen. Das hat mich irritiert. Hab ich gelacht? Jemals? Wenn eine von ihnen redete? Ich habe versucht, ihnen das zu erklären. Das Sterben hab ich ihnen erklärt. Ganz genau.

Wie das ist, was man fühlt. Da fingen sie alle an zu heulen, manche schrien auch. Die Therapeutin meinte, ich solle sofort damit aufhören. Ich würde alle ängstigen. Daraufhin bin ich aufgestanden und mit dem Kopf gegen die Wand gelaufen, weil da vorher noch die Tür war. Nun bekam ich andere Spritzen, von denen es mir nicht so gut ging. Ich war schläfrig und der Park grau. Auch die Möwen flogen schnell an meinem Fenster vorbei.

Ich bekam Einzelgesprächsstunden. Doch es nützte mir nichts. Keinem nützte es was. Weil sie mich nicht verstehen wollten. Auch diesmal schickte sie mich mit einem leichten Kopfschütteln auf mein Zimmer. Spät am Abend hab ich meine Bettnachbarin geweckt. Eine von denen, die damals gelacht haben.

„Willst du sehen, dass ich recht habe?", fragte ich sie und sie blickte mich aus verschlafenen Augen an.

„Willst du sehen, dass ich gar nicht mehr sterben kann, weil ich schon tot bin?", fragte ich weiter.

„Ach, mach doch, was du willst." Aber sie stand schließlich doch auf und folgte mir zum Fenster. „Wo hast du denn den Griff her?", wunderte sie sich, denn wir waren im sechsten Stock und hatten verriegelte Fenster. Ich lächelte, öffnete das Fenster und war froh, endlich beweisen zu können, dass mir alle Unrecht getan hatten.

Man kann nicht sagen, dass ich sprang. Viel mehr ließ ich mich fallen. Was soll ich sagen? Sie staunte nicht schlecht.

Der Sprung

„Es tut mir leid, aber die nächste Führung beginnt erst in fünfzehn Minuten." Die Dame, deren Schild im linken Brustbereich sie als Susanne Brandt – Kunsthistorikerin auswies, lächelte mich an. Ich schaute auf die Uhr. „Na meinen Sie nicht, ich könnte ohne Führung …" Sie sah mich an, als hätte ich gefragt: „Na meinen Sie nicht, ich könnte mal mit Ihrem Mann…." „Ja, ja, ich warte", verbesserte ich schnell. Als sie mir den Rücken zukehrte, ging ich ein paar Schritte weiter. Ein Schild warnte mich. Hier durfte ich nicht durch. „Sie dürfen hier nicht durch", wies ich einen jungen Mann freundlich darauf hin. Er schaute mich an, richtete sich noch ein bisschen weiter auf und sagte: „So?" „Sie sehen doch – Baustelle." Er schüttelte den Kopf und ging weiter. „Aber Kindchen, das ist doch Kunst." Eine ältere Dame nickte mir fröhlich zu.

Kunst? Eine Mischmaschine, Steine und ein Mörtel sind Kunst? Ich ging zurück und stellte mich brav an den Rand. Und wartete auf die nächste Führung.

„Ist das von Ihnen?" Ich erschrak. „Haben Sie hier auch ausgestellt? Ich hab Sie vorhin schon gesehen, und Sie kamen mir gleich bekannt vor." Mit übergroßen Augen schaute ich einem Mann ins Gesicht, der mir überhaupt nicht bekannt vorkam. „Ist das von Ihnen?", wiederholte er noch mal. Ich sah mich um. Mit einem rot-weißen Band war die als „Ausgang" bezeichnete Tür abgesperrt, und ein grüner Pfeil wies in Richtung „Notausgang". „Ja", sagte ich schnell und unsicher, und er meinte: „Tolle Idee."

„Ja", wiederholte ich, und er fragte: „Wie heißt es denn?" Ich hielt den Kopf leicht schräg. „Raten Sie doch mal." Die kleine Zeitverkürzung fing an, mir zu gefallen.

„Ich hab wirklich keine Ahnung, glauben Sie mir. Ich hab's nicht so mit der Kunst, wissen Sie?" Kurze Pause. „Der Sprung?", blickte er mich hoffend an. „Super," lobte ich ihn und hoffte, dass er nun nicht wissen wollte, was sich die Künstlerin dabei gedacht haben mochte. „Mann, das ist toll", meinte er, stieg über die Absperrung, öffnete den gesperrten Ausgang, blinzelte mir zu und schloss die Tür. „Nein", wollte ich rufen, doch da hörte ich ein: „Hallo, Sie. Wollten Sie nicht an der Führung…"

„Ich? Nein, ich hab es mir überlegt", sagte ich schnell, denn ich musste doch schauen, wo der Mann geblieben war, der durch meinen „Sprung" hindurch ins Ungewisse stieg.
Ich öffnete die Tür, und eisiger Wind empfing mich. Nein. Er war doch wohl nicht… „Wo sind Sie denn", versuchte ich kläglich zu rufen und hoffte, dass mir die Antwort nicht aus weiter luftiger Ferne entgegen wehen musste. Er wird doch nicht weitergegangen sein.
So kunstinteressiert war er doch gar nicht. Das hatte er selbst gesagt. Ich tastete mich an der Wand entlang und wagte es nicht hinunterzusehen. Es war gefährlich – keine Frage. „Hallo", rief ich nun entschieden lauter. „Hört mich denn niemand?" „Was machen Sie denn da?", kam eine entsetzte weibliche Stimme aus der oberen Etage. Ich schaute hoch. „Ich suche einen Mann. Ich bin völlig verzweifelt." Die Frau verschwand. Ich schaute vorsichtig über den Rand nach unten. Da lag niemand. Obwohl ich es nicht genau sehen konnte, denn ich hatte die Brille nicht auf und war etwas kurzsichtig. Aber nein. Da lag niemand. Polizeisirenen. Und die Feuerwehr. Ojè. Jetzt hatten sie ihn doch gefunden. Wer weiß, vielleicht war er ja auf einen Überhang gefallen und nur leicht verletzt. Mir war schlecht. „Sind Sie noch da?", fragte mich die Frauenstimme aus der oberen Etage erneut.
„Ja, ja, und ich bleibe hier auch, bis ich ihn gefunden habe." Die Frau nickte verständnisvoll. „Machen Sie sich mal nicht zu viel Gedanken." Ich versprach es ihr. Unten breiteten sie das Sprungtuch aus. Dann war er also noch in der Lage, selbständig zu fallen? Ich winkte den Feuerwehrleuten zu. „Hallo, was ist passiert?" „… gibt … Lösung", hörte ich und winkte nochmals. „Haben Sie verstanden, was er gesagt hat?", fragte ich die Frau in der oberen Etage. „Es gibt für alles eine Lösung", wiederholte sie, und dann sah ich ihn. Er stand fast hinter mir. Kam die rechte Treppe von der oberen Etage herunter. Und auch all die anderen standen plötzlich da und sahen mich an, und er sagte: „Nicht – bitte – tun Sie das nicht." Mein Kunstwerk zerfiel in Selbstdarstellung. Ich schaute nach unten auf das große, gespannte Tuch, trat an den Rand und wagte ihn: den Sprung.

Dornröschens Schlaf oder Im toten Winkel

Wie gern wäre ich Dornröschen. Nicht so sehr wegen des Kusses, der am Ende des langen Schlafes als Belohnung gereicht werden wird. Aber ich möchte mich gern niederlegen, so dass es dunkel werden muss. Ich würde mich an einer Spindel stechen und schlafen. Dann wäre es mir egal, dass die Sonne schon am sehr frühen Morgen scheint, obwohl ich noch mit dem Herbstlaub kämpfe. Das einfach nicht abfallen will, obwohl es genau farbig genug ist.

Das Schlimmste war wirklich die Sonne. Wenn es geregnet hätte, dann wären meine Tränen nicht aufgefallen, ich hätte sie dem Regen unterjubeln können. Aber bei Sonnenschein fragen gleich alle: „Was ist denn mit dir los?" Nur weil du beim „Guten Tag" nicht gestrahlt hast. Nicht mal lächeln genügt. Nicht im Sommer.

Und am Abend ist es lange hell und warm und auch noch Vollmond.

Meine Liebe ist gegangen. In so einer Nacht ist sie fortgegangen, weil ich in einem unachtsamen Augenblick ihre Fesseln lockerte. So stark war sie also noch, dass sie sich selbst befreien konnte. Dabei schien es, als würde sie im Sterben liegen. Und ich kümmerte mich nicht weiter um sie, ließ sie einfach sein, lebte mein Leben, warf ab und zu einen Blick auf sie, der nicht immer ankam, weil sie ungünstig lag. Im toten Winkel. Wäre sie gestorben, so hätte ich sie beerdigen können. Ich hätte Blumen gepflanzt auf ihr Grab und regelmäßig gegossen. Aber sie tat nur so, lag einfach still da, hat sich wenig gerührt. Nun ist sie fort – ohne Abschied. Alles hat sie mitgenommen, hat mich ganz leer geräumt. Das war ganz schön hinterlistig von ihr. Doch das Schlimme ist, dass sie mir so sehr fehlt. Ich habe am späten Abend Lichter in mein Fenster gestellt, damit sie den Weg zurück finden kann. Ich habe Türen und Fenster offen gelassen, damit sie sich eingeladen fühlt. Diesmal würde ich sie pflegen. So, dass ich sie von allen Seiten ansehen konnte. Aber wie soll sie es erfahren? Sie ist fort, ohne eine Adresse zu nennen.

Wie gern wäre ich Dornröschen. Niederlegen und schlafen – eine lange Zeit. Im toten Winkel all der anderen. Vielleicht kommt meine Liebe ja zurück. Eines Tages. Um mich wach zu küssen. Oder um die Blumen zu gießen.

Hase oder Reh

Herr Huber fuhr seit fünf Jahren von Montag bis Freitag täglich zweimal die Strecke mit einem VW, der seine Initialien auf den Kennzeichen trug. Ausgenommen waren die 30 Tage Jahresurlaub. Bei dieser Regelmäßigkeit einer insgesamt 24 Kilometer langen Strecke wird man in gewisser Weise vertraut mit ihr. Obwohl er die gesamten fünf Jahre Probleme mit einem Verkehrsschild hatte. Es war eindeutig ein „Achtung-Schild", eins, das eine gewisse Vorsicht empfiehlt mit der Warnung, dass im Falle der Unvorsichtigkeit eine Gefahr lauern könnte. Die Gefahr war auf den Verkehrsschildern aufgezeichnet. Herr Huber konnte trotz der aktuellen Brille nicht genau erkennen, welchen Namen der Gefahr zu geben wäre. Auf den ersten Blick könnte man meinen, es handele sich um ein Reh. Ein springendes Reh. Von rechts nach links. Doch für ein Reh waren die Ohren zu lang. Dann schon eher ein Hase. Doch da stimmten die Proportionen gleich gar nicht mehr. Die langen Ohren kämen hin, doch der gesamte Körper war selbst für einen ausgewachsenen Hasen viel zu massig. Wovor auch immer da auf diesen Schildern gewarnt werden sollte, es könnte in sehr hohen Sprüngen von rechts nach links die Straße überqueren. Ein Hase würde so große Sprünge unmöglich schaffen, ein Reh vielleicht. Er sah sich im Lexikon Rehe an, verschiedene. Nein, nein. Manchmal nahm Herr Huber auf seinem Weg zur Arbeit das Schild eher gelassen, doch schon auf der Rückfahrt konnte es sein, dass er wieder ins Grübeln kam und sich nur schwer zufriedengeben konnte. Hase oder Reh?
So fuhr Herr Huber fünf Jahre lang diese vertraute Strecke und schenkte den Schildern stets seine Aufmerksamkeit. Eines Tages, sehr früh am Morgen, als Herr Huber gerade wieder „Hase oder Reh?" denken wollte, sprang von links nach rechts ein Wildschwein über die Straße. Herr Huber bremste, bevor er in den Rückspiegel sah. Es krachte fast zeitgleich. Während das Fahrzeug seines Nachfolgers Herrn Hubers VW-Heckteil verformte, verpasste das Wildschwein seine Motorhaube knapp, prallte stattdessen gegen die Fahrertür, wo es langsam mit einem leicht knirschenden Geräusch zu Boden ging. Davon mal abgesehen, dass auf dem Schild ein Tier von rechts nach links springend (wohlgemerkt hohe Sprünge) eingezeichnet war, musste Herr Huber entsetzt feststellen, dass die Zeichnung völlig daneben war. Denn ein Wildschwein hat nun wirklich nicht solche Ohren.

Aus der Traum

Ich hab von dir geträumt in der vergangenen Nacht. Davor die Nacht auch schon, und wenn ich mich recht entsinne, die Nacht zuvor ebenfalls. Kurz bevor ich aufgewacht bin; weißt du, dieser Dämmerzustand, wenn man Traum nicht von Wirklichkeit unterscheiden kann, da bin ich aufgestanden und zur Arbeit gefahren. Und ich hab zu dir gesagt: „Also heute Nacht hab ich vielleicht einen Mist zusammengeträumt." Und du hast, nachdem du deine Tasche mitten auf den Schreibtisch gestellt hattest, verwundert geguckt und gesagt: „Von mir? Was hast du von mir geträumt?" Und ich hab kopfschüttelnd geantwortet, dass ich dir das nicht erzählen könne. Zuerst müsse ich etwas essen. Träume, die man auf nüchternen Magen erzählt, werden wahr. Obwohl das für die schönen blauen Träume nicht gilt. Ich hab es extra ausprobiert. Die sind nicht wahr geworden. Aber bei den schlimmen gehe ich lieber auf Nummer sicher. Du hast dann Kaffee gekocht und gesagt: „Gilt es auch, wenn man raucht? Ist der Magen dann nicht mehr nüchtern?" Da hab ich dich dann erinnert, dass ich doch aufhören wollte mit dem Zeug, und du hast den Kopf leicht schräg gehalten und gesagt: „Ja, ja, aber nicht ausgerechnet heute."
Diese Anfangsarbeitsminuten habe ich am liebsten. Habe ich dir das jemals gesagt? Dass ich es mag, wenn wir die Räume für uns haben. Weil mir so ist, als wäre mehr Luft da. Keine Kollegen, die fragen: „Habt ihr nichts zu tun?" Keiner, der sagt: „Macht die Küchentür zu, morgens kann ich keinen Rauch vertragen." Diese Minuten gehören uns, da ziehen wir über die Kollegen her: „Hast du mal gesehen, wie hoch der immer seine Hosen zerrt?", und halten uns privat auf dem Laufenden. Du hast dann den Zigarettenrauch so stilvoll ausgeatmet, wie ich es zuvor noch bei keiner anderen Frau gesehen habe. Dann hast du dein Handy aufgeklappt und gesagt: „Was haben Männer nur an sich, dass man sein ganzes Leben auf sie einstellt?" Und ich habe dir zum hundertsten Mal mein Leid geklagt und du hast zum hundertsten Mal zugehört. Ohne Wertung.
Wir sind dann lieber ins Büro zurück, weil sicher die anderen gleich kommen würden, du hast dein Parfum aus der Tasche geholt und dich eingesprüht; zuerst links, dann rechts. Und ich hab obligatorisch gehustet. „Was hast du nun geträumt von mir. Erzähl mal."

„Ich hab geträumt, du hattest einen Unfall. Auf dem Weg zur Arbeit bist du über eine Kreuzung gefahren, ohne anzuhalten, und es kam ein anderes Auto von rechts. Stell dir bloß vor, du bist gestorben in meinem Traum." Ich wollte dir gerade sagen, wie froh ich war, dass es nur ein Traum war, und was man doch manchmal für unmögliches Zeug zusammenträumt, doch du hast mich so ernst angesehen. So ernst und so traurig. Und dann wollte ich fragen, warum du denn um Himmels Willen nicht angehalten hast an dieser blöden Kreuzung. Und dann sah ich, dass aus dem Kaffee Wein geworden war, und du fragtest, warum ich dich erst jetzt besuchen komme. Erst jetzt und nicht früher, als du noch in deinem Haus lebtest. Doch da hat mein Wecker geklingelt.

Für Diana Beate.

Erste Wahl

„Hallo. Schulze hier. Das Büro ist zurzeit nicht besetzt. Bitte versuchen Sie es ab 14 Uhr noch einmal."
Ich schaute den Hörer an. Eigentlich hatte ich erwartet, dass meine Freundin am anderen Ende der Leitung sein würde. Ich legte auf und drückte die Wahlwiederholungstaste.
„Hallo. Schulze hier. Das Büro ist zurzeit nicht besetzt. Bitte versuchen Sie es ab 14 Uhr noch einmal."
Was für eine Stimme. Bass kann man dazu schon gar nicht mehr sagen, auch Bariton würde es kaum auf den Ton bringen. Es war eine Mischung aus „Ich habe gestern Abend zu viel Whisky getrunken" und dem Anflug eines grippalen Infektes. Ich konnte nichts dagegen tun. Ich drückte noch einmal die Wahlwiederholung.
„Hallo. Schulze hier. Das Büro ist zurzeit nicht besetzt. Bitte versuchen Sie es ab 14 Uhr noch einmal." Ich schnappte nach Luft.
Mein Telefon klingelte. „Ja", sagte ich erwartungsfroh und meine Freundin beschwerte sich. „Ich denke, du wolltest mich anrufen."
„Hab ich ja."
„Wie jetzt?"
„Ich hab dich angerufen. Gerade eben. Dreimal."
„Aber es hat gar nicht geklingelt."
„Kann ja auch nicht."
„Hast du getrunken?"
„Nein."
„Bleib, wo du bist. Ich bin gleich da."
Sie kam 15 min später mit einer Flasche Prosecco und Tiramisu. Ich drückte die Wahlwiederholungstaste und reichte ihr den Hörer.
„Was soll das?", fragte sie erstaunt.
„Ist das nicht eine Wahnsinnsstimme?", säuselte ich, während ich meinen Tiramisu-Löffel ableckte.
„Wer ist das denn?", fragte sie weiter.
„Na Schulze."
„Welcher Schulze?"
„Keine Ahnung."
„Heißt das, du hast dich verwählt?"

„Ja", strahlte ich sie an.
„Du kennst ihn gar nicht?"
„Nein", strahlte ich weiter.
Sie schüttelte den Kopf.
„Wie würdest du diese Stimme bezeichnen?", fragte ich, um nicht das Thema wechseln zu müssen.
„Bass", antwortete sie spontan.
„Aber Bass ist viel zu profan", wehrte ich mich entrüstet.
„Sag mal, was ist los mit dir? Du weißt doch überhaupt nichts über diesen Mann."
„Doch, er hat ein Büro." Der Sekt begann zu wirken.
„Mensch, das könnte theoretisch ein Kettensägenmörder sein."
„O bitte."
Ich nahm den Hörer und drückte die Wahlwiederholungstaste. „Hallo, Schulze hier. Das Büro ist zurzeit nicht besetzt. Bitte versuchen Sie es ab 14 Uhr noch einmal."
„Wie spät ist es denn jetzt?", fragte ich meine Freundin.
Sie tippte mit dem Zeigefinger an meine Stirn.
Am nächsten Tag verlegte ich meine Termine auf nach 14 Uhr. Damit ich den ganzen Vormittag in aller Ruhe anrufen konnte, um gleich wieder aufzulegen. „Bei dir ist vormittags immer besetzt", beschwerte sich meine Mutter.
Ich konnte mich kaum auf meine Arbeit konzentrieren. Ständig hatte ich diese Stimme im Ohr. Wenn es mir schlecht ging, rief ich einfach kurz an und sofort kam ich zur Ruhe.
„Was meinst du wohl, was er für ein Büro hat?", fragte ich meine Freundin, als sie Tage später zu Besuch kam.
„Die Möglichkeiten sind geräumig", nahm sie mir den Wind aus den Segeln.
„Also, wenn es ein Zahnarzt ist, dann kann ich nur sagen, dass ich schon seit Tagen ganz hinten am Weisheitszahn…"
„Wenn er ein Zahnarzt wäre, würde er sich nicht mit Büro vorstellen, sondern mit Praxis. Außerdem arbeiten Zahnärzte nicht nur ab 14 Uhr."
Einverstanden. So schlimm waren die Schmerzen auch gar nicht. Genau genommen waren sie überhaupt nicht richtig vorhanden.
„Versicherungen wäre eine Idee."

„Könnte schon eher sein."
Ich kam mir augenblicklich sehr unterversichert vor.
„Schulze ist ja nun auch wirklich nicht unbedingt der seltenste Name", grinste meine Freundin.
Das stimmte wohl, aber diese Stimme entschädigte für alles.
Drei Monate später hatte ich sieben Kilo abgenommen und war mir sicher, ich musste Herrn Schulze in seinem Büro aufsuchen. Ich nahm all meinen Mut zusammen, wartete bis nach 14 Uhr und rief an.
Eine Frau nahm ab. „Hallo, Büro von Herrn Schulze." Ich legte erschrocken auf. Was war denn das? Warum ging er nicht selbst ran, wenn er mir seit Wochen verspricht, es nach 14 Uhr versuchen zu dürfen. Aber ich war entschlossen. Drückte die Wahlwiederholungstaste, die ich mittlerweile auch mit geschlossenen Augen fand. „Hallo, Büro von Herrn Schulze. Was kann ich für Sie tun?"
Das konnte ich ihr unmöglich am Telefon sagen. Außerdem fand ich es überhaupt nicht schön, dass sie Herr Schulze sagte. Kann man das Herr nicht durch einen Vornamen ersetzen? Hat man ihr das niemals beigebracht auf den unzähligen „Wie melde ich mich am Telefon"- Seminaren?
„Ich hätte gerne einen Termin bei Herrn Schulze", sagte ich klar und betonte das Herrn deutlich, damit ich nicht aus Versehen bei ihr landen würde. „Worum geht es denn?", fragte mich die Dame und ich zuckte zusammen. Was erlaubte sich diese fremde Frau? Das war ja wohl eindeutig viel zu indiskret. Worum geht es denn?
„Das möchte ich Herrn Schulze lieber selbst sagen", meinte ich selbstbewusst. Der würde ich schon zeigen, wo der Hammer hängt.
„Hören Sie, ich muss Ihnen doch einen Termin vorschlagen. Da brauche ich schon einige Angaben, damit ich weiß, wie lange es dauern wird. Herr Schulze wird dann zu Ihnen kommen." Was???? Er macht Hausbesuche? Ist ja nicht zu fassen. Feng Shui, Reiki, Akupressur, Tantra? Mit dieser Stimme sollte er eigentlich Liebesfilme synchronisieren. Aber andererseits, ich war für alles offen.
„Was hätten Sie denn anzubieten?", fragte ich ein bisschen unsicher.
„Ich habe nichts anzubieten, Sie haben bei mir angerufen", meinte sie und ich sagte: „Nein, ich wollte Herrn Schulze sprechen. Der Anrufbeantworter sagte, dass ich es ab 14 Uhr versuchen könne."

„Hören Sie, Herr Schulze ist momentan nicht im Büro. Dann müssten Sie es einfach später probieren." Sie wollte das Gespräch beenden – keine Frage.
Ohne etwas zu wünschen oder mich zu bedanken, legte ich auf. Na klasse. Da war ich ja jetzt einen großen Schritt weitergekommen. Ich rief meine Freundin an. „Wer weiß, vielleicht vermittelt er ja Damen für einen Nachtclub. Mit dieser Bass-Stimme", versuchte sie zu scherzen. Ich blätterte das Telefonbuch durch. In einer Stadt, die 40 000 Einwohner zählt, gibt es unglaublich viel Schulzes, die ein Büro haben, und ich kannte ja von meinem noch nicht einmal den Vornamen. Das Leben war zu vielseitig. Mein Telefon klingelte. „Was ist denn?", meldete ich mich schroff. Das klang auch weniger nach einer Frage, sondern vielmehr nach: „Lasst mich in Ruhe."
„Hallo, Schulze hier." Entgeistert blickte ich den Hörer an. Seit wann rufen Anrufbeantworter zurück?! „Ich habe Ihre Telefonnummer einige Male auf meinem Display." „Ach ja?", sagte ich verdattert, als wundere ich mich darüber nun selbst. „Ich glaube, ich habe mich verwählt", sagte ich, weil eine Pause entstanden war, die ich wohl füllen sollte. „75 Mal?", hörte ich entgeistert aus dem weiblichen Hintergrund.
Ich hatte nicht mitgezählt.
Vorsichtig legte ich auf, ohne noch etwas zu sagen, zog sicherheitshalber den Stecker aus der Dose und spürte, wie die Wut hochkam. War ich blöd? Nun rief er also zurück und ich war noch nicht einmal imstande zu fragen: Was haben Sie denn für ein Büro?
An meiner Haustür klingelte es. Widerwillig öffnete ich. Meine Nachbarin stand vor meiner Tür, zuckte mit den Schultern und schluchzte: „Tut mir leid, aber ich hatte noch den Rückwärtsgang drin." Ich wusste im ersten Augenblick nicht, warum sie damit zu mir und nicht zu ihrem Fahrlehrer ging.
„Ihr Auto", sagte sie etwas leiser. „Ist bisschen verformt. Ich hab schon die Polizei angerufen. Sie wird gleich da sein." Ich fing an zu lachen, was sie völlig irritierte. „Aber das macht doch nichts", der ganze Tag war verformt, warum nicht auch mein Auto. Ich konnte schon froh sein, dass meine Nachbarin vor der Polizei bei mir klingelte. Womöglich hätte ich sonst gedacht, Herrn Schulzes weibliche Angestellte ließe mich verhaften.

„Sind Sie wenigstens versichert?" Sie nickte und gab mir ein Kärtchen. „Das ist mein Sachverständiger."
„Ihr was?"
„Mein Sachverständiger. Wenn Sie den anrufen, kommt der und schätzt den Unfallschaden. Aber am besten, Sie rufen sofort an, sein Büro ist nicht immer besetzt." Unter ihre Tränen mischte sich ein leises Lächeln: „Der hat 'ne total tolle Stimme – richtig schöner Bass."

Nebenrolle

Verstehst du? Jetzt weiß ich, was es auf sich hat mit dieser Behauptung, etwas nicht wahrhaben zu wollen. Man geht durch die Wohnung und wundert sich jeden Tag aufs Neue, warum sie nicht mehr vollständig ist. Du brauchst mich nicht zu bedauern. Alle wollen mich jetzt bedauern, das ist beschämend. Es kommt mir vor, als wäre dies einer dieser vielen Beziehungsfilme. Wo man gleich zu Beginn das Ende schon kennt. Nur dass ich bereits am Ende angekommen bin. Ich hab auch eindeutig die falsche Rolle im Film. Ich bin die in der Nebenrolle. Die, die mit gesenktem Kopf durch die Nebenstraßen marschiert, und alle blicken mitleidig hinter ihr her. Dabei wäre ich so gern die Hauptfigur. Die mit dem erhobenen Kopf auf der Hauptstraße.

Und ein paar werden denken: „Na, wer weiß, er muss ja einen Grund gehabt haben." Doch, glaube mir, sie werden es denken. Wenigstens ein paar. Dass du mich besuchst, find ich gut. Bei dir finde ich es angenehm. Weißt du, plötzlich wollen mich alle besuchen. Vorher, als ich sie angerufen habe und gesagt hab, ich glaub, da stimmt was nicht, mein Leben läuft schief, biegt von der Haupt- auf die Nebenstraße, da hatte keiner richtig Zeit. Du, ich hab das so oft gelesen. Der Mann hat eine Geliebte, viel jünger als die Ehefrau, aber er trennt sich nicht und so weiter und so weiter. Du kennst das doch auch aus den unzähligen Romanen. Die meisten sind schlecht, aber es gibt auch gute. Wie ist mein Roman zu beurteilen? Gut? Immerhin hat sich mein Mann in eine ältere Frau verliebt. Hast du das gewusst? Dass Edita fünf Jahre älter ist als Max? Als ich wusste, dass er eine Geliebte hat und sie bei Edeka an der Kasse sitzt, bin ich gleich los. Ich hätte sie nicht vermutet. Nicht sie. Hast du sie mal gesehen? Ach, was frage ich da. Natürlich hast du sie gesehen. Ich glaube sogar, dass sie auch vorbeikommt, um mich zu bemitleiden. Hättest du sie erkannt? Max mit einer Frau, die fünf Jahre älter ist und zehn Jahre älter aussieht? Also bitte. Es tut mir leid. Um meine Zukunft tut's mir leid. Um dich tut's mir leid. Weil du uns immer für so perfekt gehalten hast. Ich hab das auch. Uns für perfekt gehalten. Sei nicht traurig.

Du weinst ja. Wie hübsch du aussiehst. Sogar wenn du weinst, siehst du hübsch aus. Du willst meine Wange berühren, ja? Erschrick nicht zu sehr, sie ist schon ganz schön kalt.

Warum fliegen Mücken nicht in den Süden?

…das dachte ich, als ich die fünfte Mücke innerhalb von zehn Minuten erschlagen hatte. Mit voller Kraft. Im Flug. Die anderen vier hatte ich an der Wand erwischt, was noch zu erkennen war und ich am nächsten Morgen beseitigen würde. Diese hier war so betrunken von meinem Blut, dass sie Mühe hatte, sich in der Luft halten zu können. Zack.
Es war 23.48 Uhr, ich ließ mich erschöpft in die Kissen fallen und nahm mir vor, Fliegengitter für das Fenster zu besorgen. Ich wollte schlafen und sie ließen es einfach nicht zu. Dabei war es schon Oktober. Alles Mögliche fliegt in den Süden, warum nicht auch Mücken? Kurz vor dem Einschlafen hörte ich es wieder. In der Nacht bei voller Dunkelheit hört es sich an, als wäre der Zahnarzt mit dem Bohrer kurz davor, meinen Nerv zu treffen. Es surrte im hohen C an meinem Ohr vorbei. Das durfte nicht wahr sein. Ich machte Licht. Nichts zu sehen. Natürlich nicht. Sie verschwinden, so bald es hell wird. Ich glaube, sie sind ziemlich klug. Wahrscheinlich hockte sie hinter dem Schrank und lugte hervor, lachte sich eins in ihr kleines Fäustchen und verhöhnte mich.
„Komm vor, du Untier", rief ich und setzte mich im Bett auf. Da hörte ich plötzlich ein: „Na gut, aber sag nie wieder Untier zu mir." Ich schrak zusammen. „Wer ist da?", fragte ich ängstlich. Mir war nicht bekannt, dass ich jemanden mitgenommen hatte. Da kam hinter meinem Kleiderschrank eine Mücke hervor.
„Ich bin kein Untier", sagte sie mit sehr hoher, aber deutlicher Stimme. „Wieso sprichst du?", fragte ich erstaunt und sie antwortete: „Du sprichst doch auch. Ich bin für Kommunikation, eine emanzipierte Mücke. Und ich heiße Elisabeth. Wenn du versprichst, mich nicht zu töten, darfst du mich Lissy nennen."
Ich schaute auf mein Wasserglas.
„Ich bin zwar längst nicht so riesig wie du, aber deswegen besitze ich Herz und Gefühle", redete Elisabeth weiter.
„Mücken haben Herz und Gefühle?", fragte ich verblüfft und sie schien beleidigt. „Was dachtest du denn? Was glaubst du, wie ich mich fühle, wenn ich miterlebe, wie du meine Freundinnen an deiner Wand zerklatschst? Und Franziska hast du in der Luft erwischt, obwohl sie keine Chance hatte, sich zu wehren. Sie war herzkrank."

„Pah, herzkrank. Sie hatte sich an meinem Blut dick und fett und voll getrunken", verteidigte ich meine Morde.
Elisabeth setzte sich auf meine Bettdecke und schlug die Beine übereinander. Sie hatte kniehohe Stiefel an, einen blauen Hosenanzug, trug Lippenstift und hatte ihre Fingernägel knallrot lackiert. „Willst du ausgehen?", fragte ich sie in Anbetracht ihrer Aufmachung. „Nein, ich halte was von Modetrends. Ich bin eine Mücke mit Stil", sagte sie mit leicht erhobenem Kopf. Und ja, sie war gepierct. An ihrer Nase glänzte ein Pünktchen.
„Weißt du, meine Mutter hatte uns vorgeschlagen, mit ihr in den Süden zu kommen, aber ich kann die Sonne nicht vertragen, ich bekomme davon Bläschen im Gesicht. Sonnenallergie. Da kann ich raufschmieren, was ich möchte."
Mücken haben Sonnenallergien?
„Naja, die Umweltsünden gehen auch an uns nicht vorüber. Ich muss mich wohl langsam darauf einstellen, mehr dem Winter anzugehören."
„Das heißt, ich hab nicht mal im Winter vor euch Ruhe?", fragte ich entrüstet.
Elisabeth fing an zu lachen. Es war ein helles, klingelndes Lachen. „Was bist du für ein merkwürdiges Lebewesen. Ich bin so klein im Vergleich zu dir und doch hast du Angst vor mir." Elisabeth schüttelte den Kopf. „Ich liebe die Berge so sehr und möchte am liebsten nach Südtirol. Aber der Flug ist so weit, ich weiß nicht, ob meine Flügel das schaffen. Nun tanke ich also richtig auf, um morgen Vormittag meine lange Reise anzutreten." Elisabeth wurde ernst.
„Weißt du was? Du hättest mal mit deiner Mutter in den Süden fliegen sollen."
„Das geht jetzt nicht mehr." Elisabeth fing an zu weinen. Klasse. Eine depressive Mücke auf meinem Bettbezug. Keine Frage, sie wollte mein Mitleid, damit ich sie an meinen Arm lasse.
„Da", sagte sie und zeigte mit ihrem Finger in Richtung Wand. Ich schaute hin und ahnte Schlimmes. „Heißt das…?", fragte ich und sie nickte traurig und schnäuzte in ihr Taschentuch. „Ich habe deine Mutter getötet?" Elisabeth nickte erneut. Mir traten die Tränen in die Augen.
„Jetzt bin ich Vollwaise und weiß noch nicht, wie es weitergehen soll." Was sollte ich in dieser Situation sagen? Ich fühlte mich schuldig. Ich schob den Ärmel meines Nachthemdes nach oben und sagte: „Komm.

Mach's dir bequem."
Elisabeth flog auf meinen Arm, sagte leise: „Danke."
„Stört es dich, wenn ich das Licht ausmache? Ich bin nämlich müde und möchte endlich schlafen."
Sie schüttelte den Kopf. „Aber bitte töte mich nicht." Dann schlief ich ein.
Als ich am frühen Morgen erwachte, konnte ich mir ein Grinsen nicht verkneifen. Ich hatte vielleicht lebhafte Träume. Es wurde irgendwie immer verrückter. Da erblickte ich an der Wand neben vier roten kleinen spritzigen Flecken eine Mücke. Ich nahm meinen Latschen und holte aus. In diesem Moment sah ich auf meinem rechten Arm lauter Mückenstiche. Ich schaute auf die kleine Mücke und dann noch einmal auf meinen Arm. Dann ließ ich den Schlappen fallen, ging zum Fenster und öffnete es weit.
„Na los, flieg schon nach Südtirol, Lissy."

Die Liebe und der Herbst

Es war schon dunkel, obwohl der Abend noch in der Ferne lag, als die Liebe eine Sehnsucht nach Wärme vernahm. Und so klopfte sie an des Winters Tür. „Wer ist da?", erklang eine feste laute Stimme. „Ein Gast, Gevatter Winter. Ein Gast, der eine Bleibe sucht. Für eine Nacht oder auch für länger." Der Winter öffnete und bat die Liebe zu sich herein. Zusammen verbrachten sie eine Zeit. Doch eines Tages nahm der Winter die Liebe bei der Hand und sagte: „Ich muss dich bitten zu gehen." Die Liebe schaute ihn mit großen Augen an, sie hatte sich wohlgefühlt. „Was hab ich dir nicht geben können, wonach du dich sehntest?" „Das ist es ja gerade", sprach der Winter. „Du hast mir alles gegeben, was mir fehlte. Zum ersten Mal habe ich Wärme gespürt." „Dann kann ich doch bleiben", meinte die Liebe froh. „Nein, denn ich habe alles, was ich bin, aufgegeben. Meine Aufgabe ist es, kalt zu sein, damit der Schnee fällt und die Blumen zudeckt." Die Liebe sah sich um und entdeckte die ersten Knospen.
Da schnürte sie ihr Bündel und zog weiter.

Wenig später, als sie zu frösteln anfing, klopfte sie an des Frühlings Tür. „Wer ist da?", erklang eine anmutige Stimme. „Ein Gast, holder Frühling. Ein Gast, der eine Bleibe sucht. Für eine Nacht oder auch für länger." Der Frühling öffnete und bat die Liebe zu sich herein. Zusammen verbrachten sie eine Zeit, bis der Frühling eines Morgens sagte: „Ich muss dich bitten zu gehen." Die Liebe schaute ihn mit großen Augen an, es ging ihr gut beim Frühling. „Was hab ich dir nicht geben können, wonach du dich sehntest?" „Das ist es ja gerade", sprach der Frühling. „Du hast mir alles gegeben, was mir fehlte. Zum ersten Mal erblühte ich selbst." „Aber warum kann ich dann nicht bleiben?", wollte die Liebe verstehen. „Seit du bei mir bist, habe ich aufgehört zu sein. Mein Herz ist voller Blüten, doch ich habe meine Aufgaben vernachlässigt. Ich muss die Natur wecken, eine langsame Wärme schaffen, ganz sorgsam alles vorbereiten, damit die Natur grünt." Die Liebe sah sich um und stellte fest, dass Wiesen und Wälder noch nicht erwacht waren.
Da schnürte sie ihr Bündel und zog weiter.

Einige Zeit danach, als sie zu traurig war, um weitergehen zu können,

klopfte sie an des Sommers Tür. „Wer ist da?", ertönte eine fröhliche Stimme. „Ein Gast, werter Sommer. Ein Gast, der eine Bleibe sucht. Für eine Nacht oder auch für länger." Der Sommer öffnete und bat die Liebe zu sich herein. Zusammen verbrachten sie eine Zeit, bis der Sommer eines Abends sagte: „Ich muss dich bitten zu gehen." Die Liebe schaute ihn mit großen Augen an, ihr war sehr angenehm warm. „Was hab ich dir nicht geben können, wonach du dich sehntest?" „Das ist es ja gerade", sprach der Sommer. „Du hast mir alles gegeben, was mir fehlte. Zum ersten Mal bekam ich von der Wärme, die ich abgab, etwas zurück." „Aber dann kann ich doch bleiben – und dich weiter wärmen", meinte die Liebe hoffend. „Seit du bei mir bist, bin ich nicht mehr, was ich sein sollte. Mit meiner eigenen Wärme kann ich gut umgehen, doch mit deiner dazu, das wird zu viel." Die Liebe sah sich um und stellte fest, dass Wiesen und Wälder verbrannt waren.
Da schnürte sie ihr Bündel und zog weiter.

Und als sie zu schwach war, um Traurigkeit zu spüren, setzte sie sich an ein großes Tor, um zu rasten. „Oh, ein Gast vor meinem Tor", sprach eine dunkle warme Stimme aus der Nähe. Die Liebe hob den Kopf und blickte dem Herbst in die bunten Augen. „Wer gibt mir die Ehre so spät am Abend", fragte der Herbst. „Ich möchte nur ausruhen, für eine Nacht oder für länger. Will kein Gast sein", sagte die Liebe leise, doch der Herbst öffnete das Tor, nahm sie bei der Hand und geleitete sie in sein Reich. Zusammen verbrachten sie eine Zeit. Der Herbst zeigte der Liebe all die Pracht, die er ihr zu bieten hatte. Er hob sie hoch, wirbelte sie umher, gemeinsam tanzten sie mit den bunten Blättern um die Wette. Dann wieder verkroch sich der Herbst im Nebel, wurde traurig und schweren Mutes, und die Liebe rief nach ihm und suchte, um wenig später wieder laut lachend vom Wind getragen zu werden. Eines Tages sagte der Herbst: „Ich bin so froh, dich gefunden zu haben. Mit dir kann ich sein, was ich bin. Bitte bleib für immer bei mir." Und die Liebe sagte: „Nein, ich werde dich verlassen – heute noch." „Was hab ich dir nicht geben können, wonach du dich sehntest?", fragte der Herbst erstaunt und die Liebe antwortete: „Du hast mir alles gegeben, doch ich habe längst aufgehört zu sein." Und der Herbst blickte der Liebe ins Herz und fand es leer.
Da schnürte der Herbst sein Bündel und zog weiter.

Winter

Und am Abend
eines Liebes-Lebens
lehnt man sich zurück

salbt die Wunden
zählt die Narben
weint der Zukunft nach

Hinter dem Licht

Sie ist eine von den Frauen, die auf die Frage: „Warum hast du eigentlich geheiratet?", nicht spontan antworten konnte. Aber auf: „Wie geht's?" immer ein „Es muss" in den Tag lächelte. Überhaupt lächelte sie ständig. Sie hatte auch jede Menge Zeit dazu. Die sechs Stunden Büroarbeit füllten sie nicht unbedingt aus, aber: „Ich kann mich nicht beklagen". Das Einzige, was sie wirklich aus der Ruhe bringen konnte, waren die ungemachten Betten, wenn sie um drei Uhr wieder das noch nicht ganz abbezahlte Haus betrat. Aber meistens schaffte sie es morgens, die Wohnung tipptopp zu verlassen. Darauf war sie stolz. Stolz war sie auch, einmal in der Woche gemeinsam mit 17 anderen Frauen die Bauch-Beine-Po-Problemzonen anzupacken. Am ersten Mai wurde angegrillt, ganz egal, wie das Wetter war. Und am 28. Oktober ging's das letzte Mal in den See zum Baden. Immer schon. Sie hatte ein geregeltes Leben. Die Talkshows am Nachmittag interessierten sie nicht wirklich, aber sie konnte mitreden. Und fühlte sich verstanden. Manchmal hatte sie auch Sex. Und es kam vor, dass sie dabei etwas empfand.
Er gehörte zu den Männern, die ihrer Frau Blumen brachten. Am Muttertag. Er war sehr fleißig und auch recht ordnungsliebend. Nur ab und zu ließ er die Socken im Badezimmer neben den Wäschekorb fallen. Kneipenbesuche waren äußerst selten. Vielleicht lag es daran, weil nach der Wende der kleine Dorfgasthof geschlossen wurde. Aber er fühlte sich auch wohl zu Hause. Im Sommer im Garten, im Winter beim Fußball. Vor dem Fernsehapparat. Er warf seiner Frau niemals vor, außer der Reihe zum Friseur zu gehen. Er bemerkte es gar nicht. Der Sex war zwar nicht mehr so wie früher, aber er lebte sowieso nicht in der Vergangenheit. Ab und zu onanierte er morgens unter der Dusche und überschritt in der Ortschaft die Geschwindigkeit.
Die Tochter gehörte zu den Kindern, die in der Masse nicht auffielen. Auch den eigenen Eltern nicht, solange die Zensuren stimmten. Und sie bei der Tagesschau nicht dazwischen redete. Und als sie in dem Alter war, wo kein Kind so werden will, wie die eigenen Eltern schon sind, lernte sie, mit sich selbst zu reden.
Und dann ging das Licht an. Eines Morgens nach dem Klingeln des Weckers stand die Tochter nicht auf. Das verwunderte die Eltern. Und auch für die Verwandten, Bekannten und die zahlreichen Freunde kam es plötzlich und unerwartet. Dabei hatte sie doch alles, was sie nicht braucht.

König Kunde

Ich dachte gerade darüber nach, warum eigentlich immer ich die Kunden habe, die etwas außergewöhnlich sind, und nicht meine Kollegin Nina, da klingelte das Telefon.
„Mein Sohn hat von einem entfernten Verwandten unserer Familie einen Gutschein aus Ihrem Buchladen bekommen."
„Ja, das ist ganz toll und nun?"
„Na, ich wollte mal nachfragen, ob wir den auch bei Ihnen einlösen können."
Es zuckte in meinen Stimmbändern und ich hätte so gern geantwortet: „Nein, nur in Apotheken und Drogerien", sagte aber: „Ich bitte darum."
„Aber heute schaffen wir das nicht mehr." Ich dachte und sagte: „Müssen Sie doch auch gar nicht. Kommen Sie einfach morgen." Damit waren sowohl die Dame als auch ich einverstanden. Denn Nina würde morgen Dienst haben. Ich hatte frei, schaute auf die Uhr und freute mich. Heute war es ruhig gewesen, zumindest was die außergewöhnlichen Kunden betraf. Keine Frauen, die mir die Lebensgeschichten ihrer mir vollkommen unbekannten Töchter erzählten. Keine Männer, die mich zum Kaffee einluden, weil sie dachten, das gehöre hier zum Service.
Sogar der Arzt, der gerade sein Buch „Geschichten aus meiner Praxis" mit geänderten Vor- und Nachnamen seiner Patienten herausgebracht hatte, hatte mich heute verschont. Hatte nicht gefragt, wie mir sein Buch gefalle. Das war gut so, denn ich wusste nicht, wie ich mich aus dieser Misere ziehen konnte. Es war nämlich noch schlechter als sein Buch „Gedichte aus meiner Praxis", das sich wie von selbst verkaufte, weil es ansatzweise unterhaltsam war und die Patienten gut wegkamen. Sie erkannten sich trotz der geänderten Vor- und Nachnamen und waren stolz. In den Geschichten hingegen kamen sie wesentlich weniger gut weg. Sollten sie sich da wiedererkennen, wird der Doktor bald viel Zeit für ein drittes Buch haben.
Heute war also ein ruhiger Tag, nur ein einziger Kunde war etwas vom üblichen Verkaufsgespräch abgewichen, als er versuchte, mich vom Buddhismus zu überzeugen. Als das nicht klappte, versuchte er es mit den Vorzügen der privaten Krankenkassen. Doch das war auch schon alles. Ich schaute auf die Uhr. Um fünf.

Da öffnete sich die Ladentür. Herein traten ein älterer Herr und eine noch ältere Dame.

„Wir hatten ungefähr vor zehn Minuten angerufen. Wir sind die mit dem Gutschein." Ich dachte: „Ist denn jetzt schon morgen?", und sagte: „Guten Tag."

„Wissen Sie, mein Sohn interessiert sich nur für den zweiten Weltkrieg, aber es muss etwas Neutrales sein. Nicht, dass Sie noch denken, wir wären für Hitler." Da ich mich in Kriegsgebieten nicht so gut auskannte, griff ich spontan nach einem Buch, von dem ein Bekannter erst vor kurzem gesagt hatte, es wäre ihm viel zu neutral, obwohl er auch nicht für Hitler ist.

Der Sohn blätterte begeistert und ich dachte: Na, das geht doch alles ganz flott hier. Wir gingen alle fröhlich zur Kasse. Vorbei an dem Büchertisch mit den Neuerscheinungen.

Plötzlich wich Heinz vom Weg ab. Er nahm ein Buch vom Tisch, hielt es ganz hoch und rief: „Iris Berben." Die Mutter warf mir einen Blick zu, der vieldeutig war. Er hätte zum Beispiel heißen können: „Solche Bücher gehören hinter Glas."

Iris Berben war aber noch eingeschweißt. Heinz betrachtete sie von allen Seiten, zupfte verstohlen am Papier herum und blickte mich unsicher an. „Du siehst doch, dass es noch zu ist, Heinz. Die Frau kann dir das nicht aufmachen." Ach so? Das erinnerte mich etwas an: „Die Tante schimpft gleich." Doch irgendwie wagte ich auch nicht, Mutter zu widersprechen. „Du hast jetzt dein Buch, Heinz. Nun komm."

Heinz legte Iris Berben wieder auf den Tisch und ich dachte, es gibt wirklich noch Mütter, die ihre Kinder im Griff haben. Sie verabschiedeten sich, dann drehte sich Heinz noch einmal um, sagte laut: „Schönen Tag noch" und flüsterte: „Legen Sie mir das mal weg. Morgen komme ich wieder." Ich flüsterte zurück: „Aber klar doch" und dachte: „Viel Spaß, Nina."

Bis hierhin

Seit einem halben Jahr bin ich also getrennt lebend. Es ist mir noch etwas fremd, obwohl ich nicht behaupten kann, dass ich unglücklich bin. Ich müsse es aber doch sein. Oder ich müsse es zumindest noch sein, meinte die Psychologin. Ein Jahr dauere die Trauerphase. Da war so eine Phase, ja. Ganz am Anfang. Da hab ich rumgeheult, aber nicht, weil ich traurig war, sondern wütend.

Christian kam eines Abends nach Hause und sagte: „Wir müssen reden." Ich meine, dieser Satz: „Wir müssen reden", sagt doch schon alles. Danach kommt doch nicht: „Das Brot ist alle" oder: „Du hast vergessen, das Hühnchen aus dem Gefrierschrank zu nehmen". Na ja, und dann hat er mir erzählt, dass er eine Geliebte hat. Und dass man nicht an Bewährtem festhalten darf, wenn man nicht mehr mag. Man quält sich die Spaghettis ja auch nicht bis zum Erbrechen hinein, sondern hört beizeiten auf zu essen.

Also hat er mich an dem Abend weggestellt, weil er satt war. Eine neue Frau, und „warum?" braucht man nicht zu fragen, das ist lächerlich. Da kommt dann diese ganze Litanei mit „Schmetterlinge im Bauch, alles neu", usw. Wütend wurde ich, als Christian dann sagte: „Sie ist so geheimnisvoll." Er, der Vertrauensliebende. Der es nicht erträgt, wenn ich die Badtür hinter mir abschließe, weil er sich ausgeschlossen vorkommt. Er liebt plötzlich eine geheimnisvolle Frau. Da hab' ich mich dann doch hingesetzt und zugehört. Und nach zehn Minuten war mir klar, dass Christian sich von mir trennen wird, weil ich all die Jahre ein Vertrauensverhältnis aufgebaut habe. Ich hab die Badtür nicht mehr abgeschlossen. Manchmal saß er auf der Toilette, während ich duschte, und irgendwann hat er meine Beine rasiert. Ich meine, wenn der Mann es einem anbietet, denkt man doch, er findet es toll, oder? Nicht? Seine Homage an etwas, das man nicht aufessen soll, wenn einem schon schlecht ist, endete mit: „Wir sind kein Liebespaar mehr, sondern wie Bruder und Schwester". Ich habe ihn dann daran erinnert, dass er es schließlich war, der im Wohnzimmer immer seine Zehnnägel schnitt und vergaß, sie später dann vom Teppich aufzusammeln. Ich hab nie was gesagt.

Und das sei es gerade, meinte Christian, genau das sei der Fehler. Ich hätte etwas sagen müssen, es wäre meine Pflicht gewesen. Julia würde ihn ständig ermahnen. Julia.

Aber er gab zu, auch Fehler gemacht zu haben, er habe unsere Beziehung auch nicht geheimnisvoll gestaltet. Nachdem er also Teilschuld eingestanden hatte, hat er drei Koffer gepackt und ist ausgezogen. Am selben Abend. Ich hab es ihm leicht gemacht, meinte meine Freundin Nadia. Zu leicht ihrer Meinung nach, aber was hätte ich denn machen sollen. Eine Szene? Heulen? Vielleicht hätte ihm das gefallen. Immerhin reagierte er gereizt, als ich fragte, ob ich ihm beim Kofferpacken helfen sollte. Ich sei zu beherrscht, meinte er. Na, das war auch nur äußerlich. Ich war schon furchtbar wütend. Hab sogar darüber nachgedacht, ob ich ihm ein paar knallen sollte. Als er weg war, hab ich geheult. Und Nadia meinte dann, vielleicht solle man Reisende ja einfach ziehen lassen. Sie hat gut reden. Sie hat ihren Reisenden nicht ziehen lassen. Wiegand musste bei der Geburt ihres einzigen Kindes mit in den Kreißsaal und ihre Hand halten und die Nabelschnur durchschneiden. „Das hat uns enger zusammengeschweißt", sagt Nadia immer wieder gern.

„Ihr hättet Kinder haben sollen", sagte sie auch diesmal. „Kinder binden. Man wird vertrauter." Da war es wieder. Vertrauter. Jahrelang dauert es, ein Vertrauensverhältnis aufzubauen, und dann, wenn alles schön ist, schön und vertraut, verliebt sich der Mann in eine Geheimnisvolle. Aber ich wollte Nadias Träume nicht zerstören. Es ist nicht immer gut, alles, was man weiß, zu erzählen. Ich hab ihr auch nicht erzählt, dass Wiegand nach der Entbindung zu uns nach Hause kam und sagte, so etwas könne er keinem empfehlen. Und als er mit Christian immer wieder auf die Geburt seines Kindes angestoßen hatte, meinte er, dass er nicht wisse, welche Auswirkungen dieses Trauma auf sein Sexualleben haben würde. Nadia hat dann drei Jahre später mal zu mir gesagt, dass sie kaum noch Sex hätten. „Es hat uns enger zusammengeschweißt."

Als ich merkte, dass da irgendwie keine Trauerphase aufkommen wollte, hab ich auf eine Kontaktanzeige geantwortet. Aber zuvor war ich in der Buchhandlung und hab mir das Buch „Zehn Tipps für die geheimnisvolle Frau" gekauft. Der Psychologin habe ich davon gar nichts mehr erzählt. Nur Nadia. Mit Nadia zusammen hab ich mich geheimnisvoll zurechtgemacht. Wir hatten so viel Spaß. Ich glaube fast, sie war ein bisschen neidisch.

„Und bloß nicht zu viel von dir verraten", rief sie mir noch hinterher. Weil sie weiß, wie schwer es für mich ist, jemanden ausreden zu lassen.

Aber diesmal wollte ich doch alles richtig machen. Und Achim war wirklich reizend. Er half mir aus dem Mantel, überschüttete mich mit Komplimenten, „Rose", „Nelkchen", man hätte denken können, er wäre Botaniker. Ich brauchte mich gar nicht anzustrengen, zu viel von mir zu verraten, weil er mich kaum zu Wort kommen ließ. Was hatte er in seinem Leben alles schon geleistet. Er verdiente meine Bewunderung. Das einzige Mal, dass ich zeigen durfte, dass ich gesprächsbereit bin, war, als er fragte, wo ich denn wohne. Ob ich ein Haus hätte oder so was Ähnliches. Da ich bis hierhin Redepause hatte und diese für den guten Wein des Hauses nutzte, war ich entsprechend drauf.

„Ich hab ein Haus, ein Äffchen und ein Pferd", witzelte ich und er schaute einen Augenblick sehr ernst.

Ich hätte mich durchaus noch mal mit ihm getroffen. Doch, schon. Aber sein: „Ich glaube, du bist eine Frau, zu der man Vertrauen haben kann", hat mich dann doch tief verletzt.

Über alle Berge

Ich blickte von meinem Wohnzimmerfenster direkt auf eine glatte Wand. Dort wurde gerade ein großes Plakat rangeklebt. „Haben Sie genug vom schlechten Wetter? Dann ab in die Karibik", wurde in azurblauen Buchstaben empfohlen. Ja, ich hatte genug vom kalten Wetter. Ich wollte ab in die Karibik. Es hätte so schön sein können. Aber nein. Sie wollten ja alle in den Winterurlaub. Ich war von Anfang an dagegen. Als es hieß: „Wir machen Winterurlaub", dachte ich, was soll denn das? Winterurlaub bedeutet, dass man den ganzen Tag friert. Aber ich fuhr mit, weil ich dachte, sie würden schon sehen. Ich will auch gar nicht nachtragend sein. Obwohl ich einiges aushalten musste. Wenn ich da nur an den Skikurs denke, den man dort einfach machen muss, weil man sich anders in den Bergen kaum bewegen kann. Meterhoch Schnee. „Ein Skikurs ist was Tolles", behaupteten die Verwandten, und ich dachte: „Klar". Nein, ich will wirklich nicht meckern, obwohl allein die Liftfahrt gefährlich war. Stocklift, das ist etwas überaus Unangenehmes. Nicht nur, weil man darauf achten muss, dass sich die eigenen Ski nicht kreuzen, man muss auch darauf achten, dass sich die eigenen Ski mit denen des Nachbarn nicht kreuzen. Merkwürdigerweise hatte ich dann immer Nachbarn, wo ich zusätzlich noch auf deren gerade Skihaltung achten musste. Denn in Stockliften stürzt man im Duett. Wenn einer, dann beide. Während die Verwandten sich beim Hochfahren mit dem Stocklift die schönen Berge ansehen konnten, hielt ich den Blick nach unten. Die ganze Zeit.

Schweißgebadet kam ich oben an. Und dann ging erst der Skikurs los. Einen kleinen Lichtblick bot der Skilehrer. Im Ruhezustand hätte ich ihn mir genauer betrachten können. Der sah nämlich richtig gut aus. Der typische Italiener sozusagen, auch wenn er nach drei Tagen meinen Namen immer noch nicht so aussprechen konnte, als handele es sich dabei nicht um einen Nachtisch. Aber einen Ruhezustand hatte ich nur, wenn ich im Schnee lag, bäuchlings, die Beine gestreckt. Sonst hatte ich zu tun. Die Schultern musste ich gerade halten, den Oberkörper zur richtigen Seite beugen, und ich musste darauf achten, dass ich niemanden mit meinen Skistöcken verletze. Na ja, und die Ski parallel halten. Niemals dürfen die sich kreuzen. Manchmal taten sie es doch. Und dann merkt man, dass Schnee nicht so weich ist, wie er aussieht. Aber ich will mich nicht beklagen, denn nach vier Tagen kam ich überall runter. Wenn auch meine Körperhaltung nicht so einen gesunden Eindruck erweckte wie bei den anderen. Und nach einer Woche fühlte ich so etwas wie Spaß. Deswegen war ich auch etwas euphorisch, als die Verwandten eines Morgens sagten, wir wollen auf den Rosskopf. Das ist einer der höchsten Berge dort in Südtirol. Als wir in der Gondel nach oben saßen, dachte ich: „Wow, ich fahre auf den Rosskopf, das muss ich bildlich festhalten, das glaubt ja niemand." Als wir oben ankamen, hatte ich zuerst das Gefühl, wir wären zu weit gefahren. Da war keine Landschaft mehr, keine schicken Berge drum herum. Es war ganz oben. Aber ich hatte innerhalb von vier Tagen einen Skikurs geschafft. Das wäre doch wohl gelacht, wenn ich jetzt Angstzustände bekommen würde. Obwohl es sehr schneite. Eigentlich war es schon fast ein Schneesturm. „Die meisten Skiunfälle passieren, weil die Brillenträger ihre Brillen ab- und ihre Skibrillen aufsetzen, die natürlich nicht auf ihre Sehschwäche eingestellt sind." Das habe ich mal gelesen in einer Fachzeitschrift für Sicherheit auf der Piste und daran musste ich denken, als ich meine Brille ab- und meine Skibrille aufsetzte. Tatsächlich wahr. Man sieht nicht mehr sehr viel. Ich wollte aber nicht feige sein, immerhin gab es hier oben keine Stocklifte, sondern Sessellifte. Da konnten sich, zumindest solange man saß, die Ski ruhig kreuzen. Dafür muss man im Sessellift darauf achten, dass sich der Hintern zur richtigen Zeit erhebt und nach Möglichkeit der Hintern der Nachbarn auch. Sonst gibt's einen Schubs und die Landung ist ungefähr so, als wenn sich im Stocklift die Ski kreuzen. Vor mir fuhren die Verwandten. Rechts war ein Abgrund, den ich nicht ganz klar erkennen konnte, weil ich ja nun die Skibrille aufhatte, wofür ich sehr dankbar war. Links ging es eine Buckelpiste hinab. So fuhr ich also dort hinab, wo ich mit dem Lift gerade herkam. Ein wenig dachte ich an Karibik und Sonne, als ich plötzlich hörte: „Platz da". Das konnte es unmöglich heißen, denn wo sollte ich hin? Buckelpiste ging noch nicht, das hatte ich im Skikurs nicht gelernt. Vor mir eröffnete sich gerade eine große freie Fläche und ich begann mich zu freuen, denn große freie Flächen konnte ich richtig gut hinunterfahren. Dann gab es einen Ruck und ich erhob mich. Gegen das Erheben selbst wäre nichts einzuwenden, aber der Aufprall war hart. Vor allem für meinen Kopf. Um mich herum war es laut. Viele Menschen schauten zu mir herab und ich wunderte mich, wo die alle herkamen. „Wer war das?", rief ich laut und die Verwandten meinten, der wäre schon über alle Berge. Na ja, wenn er Anhalten auf Kommando beherrscht hätte, dann wäre er wohl schon weiter oben stehen geblieben. Man stellte mich zuerst wieder auf die Beine, dann auf die Ski. „Geht's oder sollen wir lieber den Hubschrauber…?" Hubschrauber?! Da wurde mir ja schon beim Gedanken ganz schlecht. Ich fuhr ganz langsam hinunter. Minuten später wurde die Piste gesperrt, weil der Schneesturm zu heftig war, und wir schaukelten mit der Gondel gemütlich ins Tal. In der Pension erzählten wir alle nacheinander mein Überlebensglück: heftigst gestürzt und um Haaresbreite den gesamten Abhang hinunter. Je später der Abend, umso dichter kam der Abhang. Und als ich dann beim Kartenspielen den Kopf nicht mehr in Richtung der nachbarlichen Karten gedreht bekam, sah ich den Abhang direkt vor mir. Mein Kopf gehorchte nicht mehr. „Was ist?", fragten die anderen besorgt. „Da stimmt was nicht", meinte ich und alle waren sich einig, dass es kein Wunder sei und es wäre besser, ich würde am nächsten Tag gleich mehrere Ärzte aufsuchen.

Am nächsten Morgen hatte ich das Gefühl, mein Kopf wäre vom übrigen Körper getrennt. Im Bett auf dem Rücken liegend versuchte ich, ihn zu heben. Es ging nicht. Die Verwandten wollten nun alle mit mir ins Krankenhaus. In Skigebieten gibt es Krankenhäuser nur für Skiunfälle. Aber ich war die Einzige, die sich aufrecht hineinbegab. Die anderen wurden geschoben. In Rollstühlen. „Stell dir vor, du hättest einen offenen Bruch, das wäre doch viel schlimmer", aufmunternd nickten die Verwandten mir zu. Ich stellte es mir lieber nicht vor, denn bei dem Anblick der vielen Verletzten wurde mir leicht übel. Ich bekam sofort einen Stuhl, weil die Verwandten der Schwester erklärten, ich wäre heftigst gestürzt, fast den Abhang hinunter und dann direkt auf den Kopf gefallen. Die Schwester war sehr besorgt und fragte mich, ob ich Ausfallerscheinungen hätte. Sie musste mir das näher erklären, weil ich nicht wusste, was Ausfallerscheinungen sein sollten. Da schaute sie gleich noch besorgter. „Sehen Sie alle Finger?" „Ja, wenn Sie mir alle zeigen." Ich musste auch nicht lange warten, kam noch vor den Menschen mit den Rollstühlen ins Behandlungszimmer. Und ich hörte es ganz genau. „Den Abhang hinunter, mit dem Kopf zuerst." Der Arzt lächelte mich an. Er untersuchte mich ein bisschen und meinte dann, vielleicht hätte ich Glück

und es wäre nur ein Schleudertrauma. Aber man müsse genauer untersuchen. Auf jeden Fall wollte er noch meinen Kopf röntgen.
„Machen Sie mal den Oberkörper frei, den BH können Sie ja umlassen". Wie bitte? Wollte er nicht meinen Kopf röntgen? War der nicht unabhängig vom Oberkörper? Ich wollte mich nicht ausziehen, denn ich hatte meistens gar keinen BH um. „Reicht es nicht, wenn ich meinen Pullover ausziehe und das Hemd anbehalte?" Nein, das reichte ihm nicht. „Ich hab keinen BH um", flüsterte ich ihm zu, wobei mir die Röte in den schmerzenden Kopf schoss. Das sei doch gar nicht schlimm, meinte er, wenn ich keinen anhätte, könne ich auch keinen anlassen. Ich überlegte, ob es sich bei dem Arzt vielleicht sogar um einen Lüstling handelte, zog mir vorsichtig den Pullover über den Kopf, dann genau so vorsichtig das Hemd und dann sah ich plötzlich auf meinen Busen. Zeitgleich mit dem Arzt. Denn an meinem Busen schimmerte ein schwarzer BH. Oh. Ich überlegte, wie der denn da hinkam? Der Arzt sah mich an, hob seine rechte Hand hoch und fragte: „Wie viel Finger sehen Sie?". Ich antwortete verduzt: „Alle". „Sie müssen über Nacht zur Beobachtung bleiben", ordnete er an. Ich bekam eine schicke Halskrause in weiß. Passend zur Winterlandschaft.

Als ich am nächsten Tag das Krankenhaus verließ, klebten sie gerade ein großes Plakat an die Wand an der anderen Straßenseite. Darauf waren eine Sonne zu sehen und ein blauer Himmel und Palmen. Karibik. Ich merkte, wie ich fror.

Es war einmal ...

... ein Tag – ein Donnerstag. Zu der Zeit war ich bereits eine kleine Weile Mitglied im „Club Altmärkischer Autoren", gerade so lange, dass ich oder besser meine Geschichten nicht mehr unter Welpenschutz fielen. Ich fand es gar nicht so schlimm, denn ich hatte die lyrischen Wege verlassen und war inzwischen auf dem Prosaweg angekommen, der mir gerade schien. Gerade und schön. Fast jedes Mal las ich eine kleine Geschichte und bis auf „lass das mal weg" oder „hier kannste noch was kürzen" bekam ich nichts hinter die Ohren. Die Geschichten waren unterhaltsam, und wenn dann auch noch an den richtigen Stellen gelacht wurde, war doch alles ganz wunderbar.
Nichts ist irritierender, als wenn an lustigen Stellen niemand lacht. Und dann merkte ich, dass es Schlimmeres gibt, als an lustigen Stellen nicht zu lachen.
Ich las eine kleine traurige Geschichte, an deren Inhalt ich mich inzwischen so gut wie gar nicht mehr erinnere. Das heißt, drei Dinge sind mir im Gedächtnis geblieben. Drei Dinge und eine Ahnung: Es ging um eine Straße, einen Gartenzaun und eine Tasse Milch. Und ich habe die Ahnung, dass ich auf jemanden wartete. Da es ja eine traurige Erzählung war, vermute ich, dass derjenige nie gekommen ist.
Ich las also diese kleine Geschichte und packte beim Lesen alle Wehmut hinein, und als ich hochschaute und in Peters Gesicht blickte, sah ich, dass er grinste. Und das Grinsen schien jeden Moment ins Lachen kippen zu wollen. Als die Geschichte zu Ende war, herrschte betretenes Schweigen. Und Manfred sagte: „So. Bitte, wer möchte was sagen?"
Peter wischte sich mit einer Hand das Grinsen aus dem Gesicht.
„Ehrlich gesagt, weiß ich nicht, was du mit dieser Geschichte willst."
Dann hättest du besser zuhören müssen, dachte ich und sagte: „Wie jetzt?!"
„Na, sie plätschert so dahin, ohne dass etwas passiert."
Der Dialog war eröffnet.
Manfred: „Ja, passiern tut wirklich nicht viel, da muss ich Peter Recht geben."
Peter: „Nicht nur das, ich weiß auch nicht, wo das hinführen soll, mit der Milch zum Beispiel."

Manfred: „Na ja, vielleicht solltest du die Milch nicht trinken, sondern darin baden - wie Kleopatra." Alle lachten.
Peter (etwas beschämt und zögerlich): „In eine Tasse Milch passt sie aber auch nicht", und zwinkerte mir zu.
„Und die Straße", fuhr Peter fort „Die passt gar nicht ins Bild. Die kannste weglassen."
Manfred: „Die Milch auch."
Peter: „Am besten, Danuta, du lässt die ganze Geschichte weg."
Manfred: „Auf jeden Fall musste dran arbeiten. Da gibt's 'ne Menge zu tun. Aber das Fundament haste ja nun."
Peter: „Na, das kann gefährlich werden. Auf diesem Fundament würde ich persönlich nichts bauen. Was ich damit sagen will: Die Geschichte ist einfach nicht rund."
„Aber das ist doch alles logisch", versuchte ich meine kleine traurige Geschichte zu retten. Und mich mit.
Peter: „Logisch ist bei der Geschichte nur, dass sie kein glückliches Ende hat. Man erfährt auch nicht, auf wen du da die ganze Zeit wartest."
„Aber das ist doch nicht wichtig."
Peter: „Stimmt auch wieder, wahrscheinlich ist das nicht nur für dich nicht wichtig, sondern auch für den, der da kommen soll. Ehrlich gesagt, ich würde auch nicht nach Hause kommen – bei der Geschichte."
Manfred: „Vor allem, wenn da jemand mit 'ner Tasse Milch auf mich wartet. Gieß die Milch wenigstens in ein Glas. Aber: Bier wäre besser. Oder leckerer Rotwein."
Peter: „Das hat alles so was von Hedwig Courths-Mahler. Die hat auch alle Klischees bedient."
„Das ist jetzt aber gemein", sagte irgendjemand und ich weiß nicht mehr, wer.
Manfred: „Wieso gemein. Die hat damit viel Geld verdient."
Peter: „Aber Geld ist auch nicht alles."
Manfred: „Danuta, das darfst du nicht persönlich nehmen. Wir meinen nur, du kannst das besser. Wir sind von dir anderes gewöhnt. Das ist ein schwacher Text."
Peter: „Dein schwächster."
Manfred: „Leg ihn erstmal weg. Manchmal ist etwas Abstand gut. Irgendwann kannste ihn dann überarbeiten und uns vorlesen."

Peter: „Ja, lass dir ruhig Zeit. Wenn ich ehrlich bin, glaube ich auch nicht so richtig, dass du an dem Text was retten kannst."
Manfred: „Der nächste wird bestimmt besser."
Peter: „Genau. Sieh es mal positiv, nach diesem Text kann es nur besser werden."

Für Manfred.

Inhaltsverzeichnis   Seite

Frühling   5

Des Lebens Sinn   6
Der Jubilar   7
Als ob nichts gewesen wäre   10
Was mir zusteht   13
Happy End   15
Die Liebenden von Pont Neuf   17
Eine Ahnung von Glück   20
Zwischen dem Leben   24

Sommer   25

Mit dem Rücken   26
Vergangenheit mit Aussicht   31
Blaue Flecken   33
Nichts von Bedeutung   35
Was die Nacht zu bieten hat   38
Wie eine große Familie   42
Altweibersommer   52
Déjà Vu   54
Finale   58

Inhaltsverzeichnis   Seite

Herbst   61

Der Anfang von Etwas   62
Der Sprung   65
Dornröschens Schlaf   67
Hase oder Reh   68
Aus der Traum   69
Erste Wahl   71
Nebenrolle   76
Warum fliegen Mücken nicht in den Süden   77
Die Liebe und der Herbst   80

Winter   83

Hinter dem Licht   84
König Kunde   85
Bis hier hin   87
Über alle Berge   90
Es war einmal ...   94

Danuta Ahrends wurde 1965 in Osterburg geboren, wo sie noch heute mit ihrer Familie lebt. Nach jahrelanger journalistischer Tätigkeit arbeitet sie nun in der Stadt- und Kreisbibliothek ihrer Heimatstadt. Sie ist seit 1998 Mitglied im „Club Altmärkischer Autoren" der Biesestadt und ist Mitglied im Förderverein der Schriftsteller Sachsen-Anhalts. Sie schreibt hauptsächlich kurze Geschichten, aber auch Miniaturen, kleine Theaterstücke und Gedichte.
Werke von ihr wurden bereits in der Literaturzeitschrift „Ort der Augen" (Dr. Ziethen-Verlag, Oschersleben) sowie in den Anthologien „Tod im Dom" (Dr. Ziethen-Verlag, Oschersleben) und „Wenn es dunkel wird in Bismark" (Gebrüder Mai-Verlag, Berlin) veröffentlicht. Als sie im Osterburger Kreismuseum die Laudatio anlässlich der Vernissage der Künstlerin Michaela Herbst hielt, entstand die Idee zur Zusammenarbeit. „Zwischen dem Leben" ist ihr erstes eigenes Buch.
Foto: Jens Wegner

Michaela Herbst wurde 1970 in Osterburg geboren und beschäftigt sich seit 1994 mit Malerei und Grafik. Unter anderem hat sie im Osterburger Kreismuseum, in Gardelegen und Magdeburg ihre Werke ausgestellt. Mit der Illustration von zwei Kinderbüchern hat sie sich selbst einen Wunsch erfüllt.
„Zwischen dem Leben" ist ihre erste Zusammenarbeit mit der Autorin.
Die Künstlerin lebt mit ihrer Familie in Goldbeck/Altmark.

Herzlichen Dank sage ich…

- meinem Verleger Steffan Warnstedt für den Mut, auf die reich gefüllten Büchertische noch eins zu legen und für das Vertrauen, dass es sich lohnen wird
- Michaela, deren Grafiken mit meinen Texten eine Freundschaft eingegangen sind.
- meinem Lektor Alfred Dähn, der sich sehr gern auf diese Zeilen-Reise begab
- Lena für die absolute Endkorrektur mit Duden und Rotstift
- Anja, die die ganzen Korrekturen immer wieder neu setzen musste
- meinen Freunden vom „Club Altmärkischer Autoren", an deren Seite ich wachsen und mich entwickeln durfte und die ich mir zur zweiten Heimat erkor: Ohne euch wär's nie passiert!
- meinen Freunden der Magdeburger Schreibwerkstatt für Kritik, gute Gespräche bei gutem Wein (beispielsweise hinter Klostermauern)
- Jens für das Foto-Shooting mit wirklich gutem Ergebnis
- meiner Familie für Verständnis und Geduld und einiges mehr

Klaus-Joachim Kuhs
Historische Zeitmesser
Sachsen-Anhalt - Band 1

Durch die jahrzehntelange Forschungstätigkeit des Autors auf dem Gebiet historischer Zeitmesser, ist dieser Band mehr als nur eine Bestandsaufnahme der Sonnenuhren in der Altmark, im Elbe-Havel Winkel und im Jerichower Land.
Es wird auch ein Einblick in die Geschichte der Zeitmessung gegeben, die auf das Engste mit der Entwicklung der menschlichen Gesellschaft verbunden ist.

56 Seiten, Paperback, 2001
ISBN-13   978-3-9807718-0-1
Preis: 5,10 Euro

Wolfgang Masur
Historisches Havelberger Allerlei
Band 1; Band 2 erscheint im Dezember 2008

Der Autor läßt in seinem durchgängig meist farbig bebilderten Streifzug durch die Havelberger Geschichte Geschäftsleute und Angestellte unterschiedlicher Branchen und sogar alte Vereine wieder aufleben.
Erster Band einer mehrteiligen Reihe, der das historische Havelberg in die Gegenwart hebt - fachlich fundiert und amüsant zu lesen.

128 Seiten, gebundener Festeinband, 2007
ISBN-13   978-3-9807718-3-2
Preis: 14,95 Euro

Herbert Karl Funk
„Geh' nach Haus ..."
Erinnerungen an die letzten Kriegstage als junger Soldat im Havelland, in der Prignitz und der Altmark.

Als 16-jähriger Soldat erlebte der Autor die letzten Kriegstage im Kampfeinsatz in Rathenow im Havelland. Dort verwundet, gelangte er ins Lazarett nach Glöwen und floh von dort, als schon die ersten russischen Panzer im Dorf waren. Wie durch ein Wunder kam er nach Havelberg durch und dort auf das letzte Verwundetenschiff, das ihn nahe Tangermünde an die Amerikaner übergab. Dort endete für ihn der Krieg, aber nicht die niedergeschriebenen Erinnerungen.

168 Seiten, gebundener Festeinband, 2007
ISBN-13   978-3-9807718-2-5
Preis: 19,95 Euro

Carolin Zander, Christoph Täger, Omi Vroni
Mariechens Träume

Mariechen ist die Hauptfigur der Kindergeschichten, die sich die Autoren am Abend erzählten. Das Besondere war, das einer die Geschichte begann und ein Anderer sie beendete. So wußte keiner, wie sie ausging.
Mariechen erlebt wundersame Abenteuer, in denen sie die Stimme der Natur versteht, wenn die Natur vom menschen Hilfe braucht.

60 Seiten, Paperback, farbig illustriert, 2007
ISBN-13   978-3-9807718-5-6
Preis: 12,95 Euro